ユリア
天野涼

ロザリー
アリサ
グレース

「ここで堂々と一騎打ちで貴女を倒して見せます！」
「おまえとユリアの実力差を教えてあげましょう！」

# 魔王の後継者

吉野 匠

BRAVENOVEL
ブレイブ文庫

# 目　次

INDEX

# 序章　後継者への誘《いざな》い

　クラスメイト達との「お別れ会」に呼ばれたお陰で、深夜に下校中だったその日、天野涼《あまのりょう》は、自分を尾行する者の存在を感じ取った。

　不思議と気配に敏感な涼だが、つけてくるヤツの濃厚な気配たるや、「もしかして虎や熊のような野獣が後ろからついてくるのか？」とかなり本気で疑ったほどである。

　もちろん、涼は真剣に警戒していたが、特に恐怖は感じていなかった。これはいつものことだから、別に今日が特別というわけでもない。

　とはいえ、他人を巻き添えにするのも申し訳ないので、わざといつもの通学路を逸れ、町外れの児童公園へと入っていった。

　昼間なら子供連れの母親達がぽつぽつ見られる場所だが、零時に近いようなこの時間帯は、公道からかなり遠いこともあり、人影などは皆無である。

　涼は別に気にも留めず、コンクリート製の滑り台の影に当たる部分までずんずん進んでいく。テントウムシを象ったこの滑り台の向こうにいれば、万一にも外を誰かが通っても、気付かれまい。

「――さあ、そろそろ出てきたらどうだ！」

わざと陽気に声をかけてやった。

自分でも呆れることがあるが、相手がどんなヤツだかわからないのに、ここまで大胆に振舞えるのは、恐怖を感じない者の特権かもしれない。

「帰宅した後だと、都合が悪い。いろいろ用事があるんだよ、俺も。別れを惜しんでくれたクラスの女の子達に、今夜中にメールするからって約束したんでな！　お陰でやっとお別れ会を抜け出せたんだ」

ちなみに、これは嘘ではない。

入学してたった二カ月ほどだったが、やたらと女の子の知人が増えて、今日を限りに涼が二度と登校しないと担任が告げた途端、悲鳴の大合唱が起きたほどだ。

……叫んだ後で耳をすませたが、結果は同じだった。返事なし。

「無視かよ、おい!?」

五月末とはいえ、まだ夜は冷えるが、精神が研ぎ澄まされているせいか、寒さなど一向に感じない。涼は全身を緊張させ、あらゆる事態に備えようとしていたが、あいにく応答はない。

ここから見えるブランコも鉄棒も、夜の闇に紛れていて、誰の姿も見えない。公園の外の歩道にも、人影はなかった。

だが、相変わらず気配は感じる。確実に誰かがつけてきているのだ。

たとえ、目に見えないとしても！

「お互い、時間の無駄を省こうじゃないか、なあ？」

涼はわざとらしくため息をつき、もう一度声をかけた。

「自慢じゃないが、俺は高一にして一人暮らしでな。里親の二人は、もう亡くなってしまったんだ」

微かにため息をついた後、涼は続けた。

「だから、帰宅しても俺だけだ。家で襲うのもここで襲うのも同じことだと思わないか？　それともなにか、あんたはこんなやせっぽちのガキ一人が怖いのか？」

あえて挑発してやると、ようやくどこからか声が聞こえた。


『……なぜ、予がおまえを襲うと思うのか？』


やたらとドスの利いた、低い声音だった。

聞いた瞬間、もちろん「一人称が『予』と来たかっ」と眉をひそめたものの、それ以上に、過去に大勢殺していそうな凄みがあった。

おまけに、その声は少し反響を伴っていて、場所が特定できない。面白くない状況だった。

「なぜおまえを襲うのか？　そりゃ馬鹿でもわかるだろう。それだけ殺気を漂わせていたらな。こう見えて、俺はそっちの鼻が利くんだ」

(理由を訊かれても困るけどな！)

という言葉は、喉の奥に押し込んでおく。初対面のストーカーに語ることでもない。

だが、あいにく向こうの方から尋ねてきた。

『おまえは不思議な男だな、天野涼。この世界の脆弱《ぜいじゃく》な人間共は、普通自分が危険にさらされたと思えば、助けを求めるのではないか？』

「つまり、助けを呼ぶのに電話しろってことか？　警察とか消防とか、あるいは命の電話とかに!?　あいにく、そういうのは気が引けるタチなんだ」

応じつつ、涼はそっと足元の小石を拾い上げた。

（おまえの位置はわかったぞ、殺人鬼のストーカー野郎！）

「なにせ俺は、一年前にこの世界に迷い込んだ、記憶喪失のガキだからな。散々世間様に迷惑をかけておいて、今更この世界の便利なシステムに頼るなんて、厚かましいにもほどがあるってもんだろう――がっ」

最後の「がっ」のところで、涼は手にした小石を豪快なフォームでぶん投げた。

石は何もない空間をよぎって、公園の外に飛び出しそうになったが、しかし途中で歪な音とともに砕けてしまった。

バラバラと破片が落ちた次の瞬間、その空間が揺らぎ、一人の偉丈夫《いじょうふ》が姿を見せる。

まさに偉丈夫としか言いようがない大男であり、高一にして百八十センチ近い涼より、はるかに背が高い。身体つきもがっちりしていて、仮に涼が金属バットで思い切り殴りつけても、平然としていそうに見えた。

「……しかも、古くさい裾の長いスーツなんか着込んでるし。髪は真紅のオールバックときた。どう見ても日本人じゃないよな？」

涼はまた一つ小石を拾い上げ、手の中で無意識に弄ぶ。

まあ、想像したよりは人間タイプに見えるのが、唯一の救いか。まだ涼が対処できそうだからだ。

「日本人に見えぬのは、おまえも同じだろう」

特に警戒するでもなく、相手は大股で近付いてきた。

「黒髪に黒い瞳はこの国の民と共通するが、肌の白さや鼻筋の通った顔立ちは、他の民とは似ておらんな」

「そこで止まれ」

涼はすげなく命じた。

「自分の間合いに見知らぬ他人が入るのは、あまり好きじゃないんだ」

自分の言い草に自分で顔をしかめてしまったが、とっさに口から出てしまったのである。

相手は特に文句も言わずに足を止めたが、腹を立てるどころか、満足そうに唇の端を吊り上げた。

「予が姿を隠しているのを見破ったばかりか、無意識に戦いを想定しているらしいな。どうやらトゥルーミラーは嘘をつかなかったらしい」

「……トゥルーミラー？　鏡なのか、それ。童話に出てくる鏡とか言うなよ？」

「多分、それに近いであろうな」

相手はあっさりと言い返す。

「だが、その話は後にしよう。天野涼、予はおまえに特別な要請をするために、この世界へ渡ってきた」

「世界を……渡る？」

ますます顔をしかめる涼を気にも留めず、相手は小さく頷き、続けた。

「そうだ、予はおまえを迎えに来たのだ。我が後継者となり、魔族を治めさせるために。天野涼、予と共に魔族領へ来るがよい！」

さすがの涼も無言のまま相手を見返した。

しかし、本人は返事を待っているのか、じっと涼を見つめている。薄い黄金色の瞳で。

やむなく、涼は自ら促した。

「今、自分の正気を疑ってるところなんだ……悪いが、もう一度頼む」

「予の後継者になれ！　今すぐとは言わない……皆には伏せているが、もうすぐ予の寿命が来る。その後はおまえの天下になるぞ」

涼は男の顔を見上げた後、眉根を寄せた。

「俺には俺の事情があって、確かに異世界へ行けるのは渡りに船かもしれない。しかし、名前も知らない男の後継者になれと言われてもな。それに、おまえだって俺のことをなにも知らないだろうに」

「予の名はグレイオスという。魔王グレイオス……元のシャンゼリオン世界で、予の名を知らぬ者はいない。そして――」

ニヤッと精悍《せいかん》な顔を綻ばせると、グレイオスとやらは、なんと虚空に手をやり、真紅の大剣を掴み出した。

「……予とて、トゥルーミラーの答えを、そのまま鵜《う》呑《の》みにする気はない。天野涼、おまえの才能が本物かどうか、それは今、この場で確かめさせてもらうとしよう」

「そういうテストかっ」

飛び退くようにして間合いを開け、涼は唸った。

「自称魔王のくせに、品行方正でいたいけな少年に対して、自分だけそんな大げさなグレートソードを使う気か!?」

通常の剣より特に大きなものをグレートソードと呼ぶが、涼自身、どうして自分にそんな知識があるのかは、説明できない。

だが、グレイオスにはちゃんと通じたらしい。

「ははは。口の減らない男よな！　予を前に、いい度胸だ。どう見ても普通の人間には見えぬし、これは期待が持てそうだぞ」

ぎらぎらした黄金の目つきで涼を見やり、グレイオスは再び虚空に腕を入れ、今度は刀を抜き出した。真っ黒な刀身の、実に陰気くさい刀を。

「これを使うがよいっ」

結構な勢いで放り投げられたその刀を、涼は器用にも、ちゃんと柄の部分を握って受け止めた。その場で即、二度三度と振ってみて、重さや刀身の長さなどをとっさに確認していた。

眺めていたグレイオスが、上機嫌で目を細める。

「予の見間違いでなければ、扱い慣れているように見えるな。本当は、別の世界の人間ではないのか、天野涼」

「だから俺は、一年前から絶賛記憶喪失中だって言ってるだろ！　人の話を――」

「問答無用だっ」

大喝して、グレイオスが大剣を振り上げた。

「死にたくなければ戦え。予に才能を見せない限り、おまえはここで確実に死ぬぞっ」

怒濤《どとう》の勢いで駆け出したグレイオスを見て、涼は負けじと叫んだ。

「ああ、そうかよっ。あんたこそ、葬式会場でも予約してから来るんだったな！」

涼は、逃げるどころか、腰を落とした低い姿勢から一気に敵の間合いに突っ込んでいく。それこそ、一陣の風のごとき速度で。

「なにっ!?」

豪風のごとき風切り音と共に振り下ろされた大剣は、涼の肩口を掠ったに留まった。

剣の軌跡を先読みしたように、涼がほんのわずかに身を捌いたせいだ。それでもぱっと鮮血が飛び散ったが、涼は顔色すら変えず、グレイオスの至近に飛び込んでいる。

ちょうど、彼の死角に当たる位置へ。

そして、低い姿勢から斜め上へと豪快に刀を振り切った。狙いは、グレイオスの首である。

「おまえの負けだ！」

涼の叱声が、公園に響き渡った。

# 第一章　魔族戦士との決闘

異世界シャンゼリオン、という大陸から訪れた魔王の要請に従い、その世界へ赴く。

……聞くだに馬鹿馬鹿しい話だったが、天野涼はこの要請を受けた。

もちろん、前提条件として「必ずしも俺があんたの後継になるとは限らないが、ひとまずそちらの世界へ同行はする。それでいいか？」と明言している。

テスト的な戦いが終わった後でそのように言われた魔王グレイオスは、薄く血が滲んだ頬を指で撫でつつ、破顔した。

「予のテストに見事に合格したばかりか、掠り傷とはいえ、予に傷を負わせた。であるからには、その程度の要望には応えてやらずばなるまい。まあ……まだ時間はある。それまでに決意してくれればよかろう」

「俺だって、怪我はしてるんだが？　しかもこっちの傷の方が深いしな」

唸るように涼は主張したが、無視された。

グレイオスが自分の頬に手をかざした途端、そこにあった掠り傷が、瞬く間に消えてしまう。しかも、ついでに自分が傷つけた涼の肩の傷も癒やしてくれるサービスぶりである。

魔法というヤツらしい……信じ難いはずではあるが、そもそも一年前より以前の記憶がない涼にとっては、それがいかに不可解なことなのか、今一つ実感が湧かない。

だいたい、自分だって異能力的なものは持っている。

当然、己自身が魔法が当たり前のように存在する世界にいたという可能性も、涼自身としては十分にあり得ると思っていた。

「しかし、またあっさりと異世界へ渡ることに同意したものだな？　この世界に未練はないということか？」

最初より声を抑えたとはいえ、相変わらずの胴間声でグレイオスが訊く。

涼は肩をすくめ、頷いた。

「ない。さっき教えた通り、俺は以前の記憶がないし、長らくこの世界の施設とやらに保護されていた身だ。最近になって里親に預けられたが、その二人も先週、事故で亡くなった。ここに留まる理由は本当にないね。……まあ、約束があるんで、クラスメイト達に別れのメールをする間だけは、待ってもらうけど」

「先程おまえが言ってた、別れを惜しむ女達の話か？　予も側室を何人も持つ身だ。気が合うではないか。どうやら、よい後継者になりそうだ」

「魔王の資質が、女好きにあるとは思えないぞ！　それに、そこまで仲のいい子はいない」

「既におまえには翻訳魔法もかかっているし、では魔族領で美姫《びき》を選りすぐればよい」

グレイオスはあっさり話を打ち切り、涼を促した。

「早速、その最後のメールとやらをしに帰宅するか？」

「携帯使うより、家でゆっくりメールしたいから、そう願いたいね」

……結果的に、涼が日本を離れる前に済ませたことといえば、正味、このメールだけである。元より、「この世界は俺がいた世界ではない」と考える涼にとっては、以前から他の世界へ渡る方法を見つける必要に迫られていて、その意味ではシャンゼリオンという世界へ赴くのは、歓迎すべきことだったのだ。

魔王の後継者となる話はともかく、魔法とやらが実在する異世界であれば、必ず自分もその手の転移魔法を覚えることができるはずだ。ならば、そのシャンゼリオン世界が元自分がいた世界ではなくても、己自身で探せばいい。

魔法の習得については、涼には自分でも説明のつかない、不思議な自信があった。

いずれにせよ、グレイオスと天野涼の思惑は一致し、約束通り最後の用事を済ませた後、涼は彼と共に見知らぬ世界へと転移した。

＊＊＊

……眼前の景色は一瞬で変わり、涼とグレイオスは白壁の随分と広い部屋へと転移していた。

床には輝く魔法陣のような図柄が描いてあったが、涼達が到着した途端、輝きが薄れて消えた。この魔法陣は、転送装置のような役割だろうか。

人間世界ではあり得ないことに、天井辺りに人魂みたいなのがふよふよと浮いている。

明かりの代わりらしい。

「ここは城内にある、控えの間でな」

グレイオスは涼の肩を結構な力で叩いた。

「今から、臣下達を集めておまえを予の後継として紹介する。数分ほど、ここで待っているがよい。なに、予告はしてあるから、すぐだ」

「俺はかなり内気なタイプで、人と打ち解けるのに十年はかかるんだが？」

着くなり、いきなりかよっ、という抗議のつもりで涼が顔をしかめると、グレイオスは返事もせずに馬鹿笑いをして、一方のドアから出て行った。

……この部屋には、他に反対側の壁にもドアがあるが、他の二カ所の壁には、まるでウォークインクローゼットのように壁と壁の間に金属棒が渡してあり、そこに古めかしい衣装がどっさりかけられている。元いた日本の感覚でいえば、おそらく百年以上は時代がズレていた。

なんとなく手で壁を触ってみると、冷たい石材の感触がした。白い色は塗ってあるだけのようだ。

ここで待てという話だが、お茶くらい出ないのだろうか。

小さな鏡が壁にあったので、涼はふと覗き込んでみた。

学校指定の黒いブレザーの制服を着用し、手に刀を持つ、実に不機嫌そうな少年と顔を見合わせる。前髪が少し片目にかかり、自分で言うのもなんだが、落ちぶれた浪人風に見える。

鏡の中の切れ長の目が、「おまえ、立場的にかなりヤバいよ？」と言いたそうに見つめていた。まさに、涼自身も同感である。

刀は、テストが終わってから鞘付きでグレイオスから借りたものだが、本人が気前よく「おまえにやろう」と言ってくれたのだ。遠慮しようと思ったが、全然知らない土地——しかも魔族がわんさかいるという場所に行くにあたり、武器は必要だろうと考え直した。

……それはともかく、約束の数分が過ぎても、特に誰も来ない。

涼はグレイオスの指示など放置して、あちこち見て回るかと思ったが……せめて、あと五分ほど待ってみようかと思い直した。

幸い、亡き里親が与えてくれた携帯は、未だに制服のポケットに入っている。

瞬く間に五分が経ち、涼は一つ頷いて正面のドアノブを掴もうとした——が。

先にがばっとドアが開き、全然知らない女性が顔を見せた。

「——っ！」

出て行こうとした涼と顔を突き合わす形となり、相手がぎょっとしたように目を見開く。レザーアーマーなど着けていたが、どう見ても人間ではない。

なにしろ、髪が緑色で耳がエルフのように尖っているのだ。

「ああ、すまない。退屈なので、出て行こうとかと思って」

涼が表情を変えずに低頭すると、その軍人じみた女性は少し唇を尖らせたが、気を取り直したように自分も低頭した。

「お客様、魔王陛下がお待ちでございます」

「わかった」

わざと何気なく頷き、涼は彼女に従ってドアの外へ出た。

……出るなり、一気に周囲が明るくなった気がする。

コンサートホール並みに広い場所であり、天井にはクリスタル製らしきシャンデリアが、幾つも吊り下げられている。

ただし、そこで光源となっているのは蝋燭などではなく、さっきの部屋でも見た、外観のみ人魂に酷似《こくじ》した、明るい球体である。

広間の正面……に当たる部分には赤いカーペットが敷かれた階段が数段ほどあり、そこにグレイオスが座って愉快そうに涼の方を見ていた。

「来たな！　我が元へ来いっ」

「……わかった」

涼が肩をすくめて答えると、呼びに来た女性兵士がぎょっとしたように見つめてきた。

「魔王陛下には敬語をお使いくださいっ」

別に反抗するつもりはないが、涼は物怖じせずに相手を見返した。

「まだ敬語を使うほど、グレイオスのことを知っているわけじゃない。魔族の王には違いないんだろうが、俺は呼ばれた側だし、彼の臣下でもないぞ」

「まあ！」

感心しているわけではない証拠に、その声音には微量の抗議の意が籠められていたが、また呼ばれたので、涼はそのまま正面へ進んでいく。

途中、玉座を見上げるような位置に、魔王グレイオスの臣下らしい者達が大勢集まっていた。

ざっと百数十名はいたはずだ。

玉座へ至る階段下まで来て涼が止まると、グレイオスはさらに涼を手招きした。

「よい、そのまま上がって我が右手に立て。そこでは紹介もできぬ」

「刀は誰かに預けた方が？」

刀を持ち上げて訊いてやったが、グレイオスは破顔して首を振った。

「今日からおまえは、特別な地位に就く。例外として、武器の携行を認めてやろう」

「……ありがたき幸せ」

皮肉まじりの返事と共に、涼は刀を片手に階段を上がっていく。

その姿をまるで珍獣が降って湧いたような顔つきで、その場の全員が凝視していた。

涼はざっと見て、最前列に並んでいる面々が、魔族達の中でも立場の強い戦士なのだろうと見極めをつけた。

なぜわかるのか自分でも不思議だが、どうもそれぞれが放つ存在感というものを、肌で感じ取ることができるような気がするのだ。

意外なのは、中でも最大最強の力を持っていそうだと涼が判断した人物が、まだ少女だったことか……もちろん、見かけだけのことかもしれないが。

彼女は、一人だけ皆と同じ位置に立たず、集団から離れた場所に、自分の臣下らしき者達と固まって立っていた。

せいぜいローティーン程度の年齢にしか見えないが、青いゴシックドレスを纏《まと》った銀髪の少女である。しかもなぜか、涼の方を瞬きもせずに見つめていた。

(まさか、ガンをつけられているんじゃないだろうな?)

涼がそう疑ったほどである。

……数段上がり、言われた通りに玉座の横に立つと、魔王グレイオスはおもむろに一同の者を睥睨《へいげい》して、割れ鐘のような声で命じた。

「全員、謹めっ」

『ははあっ』

一斉に声がして、全員が片膝を突く……いや、よく見ると全員ではない。

涼が「この子はかなり手強そうだ」と見た少女一人のみが、右隅で立ったままである。

グレイオスが一瞬そちらを見やり、忌々しそうな表情を見せたのを、涼は見逃さない。彼らの関係と魔王の彼女に対する心証が、この一瞬でわかってしまった気がする。

しかし、グレイオスはたちまち表情をくらませ、何事もなかったように告げた。

「そのままで聞くがよい。先日予は、自分の後継を探すために、神器の一つであるトゥルーミラーを使い、その所在を尋ねた。もちろん、魔王の後継者にふさわしい才覚のある者を求めたのは言うまでもない」

……既に臣下達からざわめきが洩れ始めたが、グレイオスは一顧だにせず、話を進めた。

「神器の返事を聞き、予自らが異世界まで赴き、見出したのがこの人間だ。名を、天野涼という。予が求めた後継者にふさわしい男であると認めた故、今後はおまえたちも彼を後継者として認め、敬意を払うよう命じる」

どうも、このグレイオスの宣言はかなり意外なものだったようで、片膝を突いたままの一同が全員ざわついていた。

「先に言っておくべきだと思うので、俺自身が明言しておくが」

黙ったままだとまずいような気がして、涼はしっかり主張した。

「俺はこの世界を訪問することについては自分でも納得しているが、魔王の後継者になるかどうかは、まだ決めていない。というのも、まだ魔族領についても魔族についても何も知らないのだから、考える時間は必要だ」

あんたらもそう思うだろ、なあ？　と言わんばかりに見渡したが、反応は皆無だった。

それはそうだ！　と賛同する声などどこからも上がらず、涼の発言でざわめきが一層、激しくなっただけだった。


涼が注目していた少女——つまり、魔王の臣下最前列に並ぶ者の内、一人だけ立っている少女の背後から、囁き声がした。

「ユリア様……あの者、どこまで本気なのでしょう？」

片膝を突いた自分の臣下から問われ、ユリアと呼ばれた少女は答えた。

「おそらく、完全に本気でしょうね」

忠実な臣下であるイリスが呻く声が聞こえたが、ユリアは前を向いたまま小首を傾げる。

その赤い瞳は、真っ直ぐに涼を見ていた。

「その返事にも驚くけれど、ユリアが一番意外だったのは、あのリョウという少年、あれだけグレイオスのそばに立っているのに、まるで彼を意識している様子がない……彫像の隣に立っているみたいにね。これは、驚くべきことだわ」

ここでは、魔王を呼び捨てにする自分も意外極まりないのだが、ユリアはそのことには触れず、ただひたすら感心していた。

「魔王にふさわしいかどうかはおいて、グレイオスの実力は決して侮れない。真っ当な戦士なら、そばにいるだけで震え上がるはずよ」

「もしかすると、あのお方の力を感じ取れないのではないでしょうか」

もう一人の側近、イリスの兄であるエルンストが恐る恐る尋ねたが、ユリアは明確に首を振った。

「いいえ。ユリアがあの少年から力の波動を感じるのだから、弱者ではあり得ない」

背後で二人の側近がそっと顔を見合わせていたが、ユリアはそれ以上は付け加えず、ひたすら涼を見つめていた。

まさか、魔族世界の重鎮にあたる少女が、自分にそんな評価をしているなどとは、涼は全く知らずにいる。

しかし、一人だけ片膝を突かないあの少女が、立ったままこちらをじっと見つめていることは、否応なくわかる。

今の発言は何かまずかったのだろうかと少し思ったものの、今更訂正しようとは思わなかった。来る前から主張していたことだし、今だってグレイオス自身は、特に涼の言い分に腹を立てた様子もないのだ。

しかし、グレイオスが沈黙する間にもざわめきは消えず、とうとう最前線に並ぶ者達のうち、一人が声を張り上げた。


「陛下、発言をお許しくださいますか？」


涼が見ると、最前列の隅の方で片膝を突くそいつは、派手な真紅のスーツを纏った男で、地味な黒系の格好が多い男達の中にあって、やたらと目立っていた。

「あいつは、ゲザリングという。魔族達の将軍格である、セブンウォールの一人だ」

グレイオスがわざわざ涼の方に顔を寄せ、小声で教えてくれた。

「そんなに強いのか？」

涼も小声で訊き返した。

「まあ……本人のやる気はあるが、今のセブンウォール達とでは、少し実力が隔絶していてな。

戦でセブンウォールが一人欠けたため、臨時にその座につけてみたのだ。……とはいえ、並の魔族から見れば、強者であることは確かだぞ」

　褒めているのか貶《けな》しているのか、今一つわからない言い方だった。

「ゲザリング、立て！　発言を許すっ」

　またしても割れ鐘のごとき声でグレイオスが命じ、ゲザリングとやらが笑みと共に立ち上がった。

「ありがとうございます、陛下。皆も知りたいことと思いますが、まず私がお尋ねしたいのは、魔王として存分に力を振るわれている陛下が、何故に後継者をお求めか……という点です」

「なるほど……神器のトゥルーミラーを使ってまで後継者探しをした理由か」

　グレイオスは角張った顎を撫で、目を細めた。

「答えは簡単だ。今は人間達が不埒にも我らに戦いを挑んでいる。そこで、後継者を決めておき、後顧《こうこ》の憂《うれ》いなく、万全の体制で予が戦うためよ」

　涼が聞いた「寿命が迫っている」的な話は、一切しなかった。

　自分で明言した通り、臣下達にも伏せているらしい。

「その貴きお覚悟……感服致しました」

　ゲザリングとやらは、気取った調子で深々と一礼した。

「ならば、今一つだけ質問をお許しを。陛下は先程、その少年を『彼を予の後継者として認め、敬意を払うよう命じる』とお命じでありました。もちろん、我ら臣下に否やはございません」

ここでゲザリングは、また一礼した。

ただし、次に顔を上げた時には——涼が思うに、少し小狡い表情を浮かべていた。

「とは申しましても、なにぶん初対面であり、魔族から見れば異種族の少年でもあります。故に、今後のためにも、一度その少年と手合わせさせていただきたく思います」

「しばし待て」

グレイオスは大仰にそう言い置くと、涼の方を見てニヤッと笑い、囁きかけた。

「あやつの狙いはわかるだろうな？」

「……あんた、俺のことを脳天気な馬鹿だと思っているのか？」

涼は唸るように返す。

腕組みしてゲザリングとやらを見据え、グレイオスにしか聞こえない声で、すらすらと答えてやった。

「ゴタゴタ言ってたが、本心は『気に食わんから、この俺が殺してやる』ってことじゃないか」

「ふむ。それがわかっていても、おまえには怯懦《きょうだ》の気配すらないな。どうだ、試合方法を剣技に限定するから、やってみないか？」

涼は、この広間に入ってから初めて、グレイオスを真っ直ぐに見た。

愉快そうな黄金の瞳に、肩をすくめて言ってやる。

「自分でも大馬鹿だと思うが、望みとあらばやってやろう。……逃げるのは嫌いだしな」

「よしっ」

またしても力の入りすぎた勢いで涼の肩を叩き、グレイオスはゲザリングに宣告した。

「その挑戦、予が許す。ただし、ここは本来は謁見の間故に、試合方法は剣のみとせよ。それと予が声をかけたら、その時点で斬り合いを止めることも忘れるな……以上、双方への命令だ！」

「ははあっ」

「わかった」

ゲザリングはまたしても大げさに一礼し、涼は自然体で答える。

涼が玉座の壇上を下りようとすると、グレイオスは「少し待て」と押し留め、今度は全員に声をかけた。


「皆の者、よき見世物だぞ！　おまえ達も立って見物するがよいっ」


……闘犬場に群がる観客じゃあるまいしと思ったものの、涼は特に抗議はしない。

それに、跪いた姿勢で見物された方が、よほど居心地が悪いというものだ。ただ、その後でグレイオスがとんでもないことを言い出したのには、さすがの涼も多少驚いた。

「ちょうどよい、せっかくだから景品をつけようではないか。この試合の勝者に、憎き敵を処刑する権利をやろう」

さらりと述べると、グレイオスは衛兵らしき男達に片手を上げてみせる。

すると、そのうちの一人が隅へ走り、壁際の小さなレバーを操作した。途端に、何か歯車が噛むような音が連続し、床の一部が二つに割れた。

謁見の間全体がどよめく中、鉄格子の檻が石床ごと迫り上がってくる。

閉じ込められていたのは純白のドレスを着た少女であり、青白い顔で檻の隅に座っていた。

小さな唇を引き結んでいて、周囲の野次や罵倒には、目もくれずにいる。

ツインテールにまとめた金髪と、大きな碧眼という見た目の華やかさとは裏腹に、性根は据わっているらしい。

「……なんだ、あの子」

金髪碧眼の豪勢な……しかしまだ幼い少女を見て、涼は眉をひそめる。

対してグレイオスは、忌々しそうに教えてくれた。

「ここ一年ほど、魔族と人間が戦争中なのは、話したか？」

「驚くべきことに、初耳だ」

涼が喉の奥から声を出すと、魔王はしれっと続けた。

「では、いま聞いたわけだ。我が領土の近くに位置するヴァレンシア王国という国が、不埒にも去年、攻めてきおってな。以来、戦争状態よ。あの女は、そこの王女だ」

グレイオスは檻の方へ顎をしゃくる。

「先日、魔族の斥候《せっこう》が前線の慰問にきていたあの女を見つけ、夜を待って奇襲をかけ、捕らえたのだ」

「まず確認するが、最初に攻めてきたのは向こうなのだな？」

「ここ百年くらい、攻めたり攻められたりだが、今回は間違いなく人間共の方よ」

「で、あの子は処刑するのか？」

檻に入れられた少女を囲んで野次を飛ばす一同を眺め、涼は念のために尋ねたが「もちろんだ！」と力強く言われてしまった。

「なるべくむごく、バラバラにするつもりよ」

「死んだ人間ほど役に立たないものはない。どうせ殺す命なら、あの少女、俺にくれないか？」

何気なく提案すると、グレイオスはじろっと涼を見た。

「女を犯すなら、もっと年長の美姫《びき》がよかろう？　それともそういう趣味か？」

「どういう趣味だよっ」

さすがにむっとして言い返したが、ここで喧嘩をするのはまずい。

気を取り直し、涼はなおも説得を試みた。

「俺を後継に指名したんだろ？　ならば、捕虜を政治的に利用することも考えるべきだ」

涼は初めて、まともに檻の方へ目をやる。

声が聞こえるはずもないが、なんとなく自分のことを話していると感じるのか、少女の方もじっとこちらを見つめていた。

「殺せばそこで終わりだが、利用するとなれば、多くの可能性がある」

「ふむ？」

グレイオスはしばらく考えたが、やがて探るように黄金色の目で見てきた。

「人間には、性根の甘いヤツが多い。おまえもそのクチではなかろうな？　実はあの女を助けるのが目的ではあるまいか？」

「見知らぬ他人のために命をかけるほど、俺は人間ができていない」

落ち着いた表情を保ち、涼は即答した。

「まだ勝敗もついていないうちに、ここで敵の王族を処刑することに、さしたる意味があるとは思えないのさ」

互いの視線がしばしぶつかったが、涼は目を逸らさなかった。

やがて、グレイオスは根負けしたかのように口元を綻ばせた。

「おまえはなかなか、他人を説得するのが上手い。後継者の意見でもあるし、あえて乗ってやろう。……ただし、条件があるぞ」

グレイオスはにんまりとほくそ笑み、いきなり胴間声を張り上げた。

「皆の者つ、予はいささか気が変わった。本当の意味で景品とするため、この試合で勝利した方に女をくれてやるっ。後は煮るなり焼くなり、勝者が好きにすればよい！」

また場内がどっとざわめき、大声で笑い、「さすがは魔王陛下っ」と讃える者が大勢いた。よい趣向だと思っているのか、あるいは追従かだ。

「意見を聞いてくれて、礼を言う」

それでも涼が礼を述べると、魔王は口元を歪めて手を振る。

「なに、おまえを特別な地位に据えると言ったのは予だからな。……ただし、この試合に勝たねば意味はないぞ？　わかっているだろうが」

「……追試はないだろうと思ってたさ」

頷いた後、涼は刀を引っさげて玉座が置かれた壇上から下りていく。

背後から、グレイオスの笑みを含んだ声が聞こえた。

「ゲザリングは年齢を問わず、人間の女は散々弄び、犯し抜いてから殺す趣味がある。せいぜい、頑張ることだ」

これに対して、涼は返事もしなかった。

壇上を下りる途中、なんとなく視線を感じて檻の方を見ると、話題の王女が涼の方を懸命に眺めていた。顔には血の気がなかったが、それでも怯えている様子はない。

そこに感心して、涼は軽い気持ちで手を振ってやった。……あいにく、向こうは驚いたように碧眼を見開いただけで、特に反応はなかったが。

玉座が置かれた壇上から下りてくる涼を見て、もちろん、周囲はざわめいている。

ほとんど熱狂に等しいざわめきであり、場内のほぼ全員が、これから起こる試合に期待しているのは間違いない。

魔王の……というよりも魔族の重鎮たるセブンウォールの一人であるユリアもまた、片隅から涼をじっと見つめていた。

彼女の臣下であるイリスとエルンストが、口々に「あの人間の少年、自殺でもする気でしょうか？」とか「魔王陛下のご命令、解せません。いかに、相手があの成り上がりのゲザリングとはいえ」などと口々に疑問を呈していたが、ユリアは微笑して小首を傾げた。

「まだ、あの子が負けると決まったわけではないわ。ご覧なさい……少なくとも、壇上を下りてくるあの子から、恐怖は感じられない。あの子は、ゲザリングを全く恐れていない」

もっとも、と最後にユリアは付け加える。

「恐怖を感じなくても、倒される時は倒されるものだけど……ただし、ユリアが見る限りでは、ゲザリングが楽に勝てるとは思えない」

これを聞いて側近二人は理解に苦しむような顔をしたが、ユリアはそれ以上説明しない。人間を格下に見る癖がついている魔族としては、この二人の見方の方が当たり前なのだ。

「人間は嫌いですが」

わざわざ断りを入れた上で、イリスが言う。

「ゲザリングはさらに大嫌いですわ。できれば、あの少年に勝たせたいほどです」

「おまえを見るあいつの目つきは、だいぶ肉欲に塗《まみ》れているからなあ」

兄のエルンストがからかうように口にすると、イリスは微かに頬を膨らませた。

「言わないでください、兄上……思い出して寒気がするではありませんかっ」

「ははは」

エルンストが楽しそうに破顔し、釣られてユリアも少し微笑した。

からかってはいるが、もちろんゲザリングが妹のイリスに本当に手を出しでもしようものなら、タダでは済まないだろう……いかに臨時でセブンウォールの地位にあろうと、エルンストが即座に襲いかかるに違いない。

「……あいつがセブンウォールの地位だなんて、魔族のレベルも随分と低下したものね」

そのセリフはユリアの独白に過ぎなかったが、聞いていた兄妹は心から頷いていた。

無論、セブンウォールトップとも言うべきユリアから見れば、それは当然の感想だろう。

壇上から魔族達のただ中へ涼が下りると、動物園の檻でも覗く気分なのか、周囲から魔族達が一斉に近付いてきた。

後継者だと魔王から言明されているせいか、さすがに手を出してくる者はいないが、無論、尊敬の眼差しを向ける者も皆無である。

おそらく多くは、「こいつが血反吐に塗《まみ》れて死ぬところを見たい！」というのが本音ではあるまいか。

涼が自嘲気味にそう思っていると、また別種の視線を感じ、何気なくそちらを見る。

全員が跪いていた時、一人だけ立っていた例の銀髪の少女が、涼を熱心に見つめていた。視線はとことん冷ややかだったが、少なくとも他の連中のように軽侮の表情ではない。

ただし、なんとなく涼が頷いてやると、向こうは眉をひそめていたが。

そうこうするうちに、頭上から蛮声が轟いた。

「皆の者、場所を広く空けよっ」

『ははあっ』

一斉に声が上がり、ざざっと魔族達が涼から離れていく。

代わりに、派手な真紅のスーツを纏っていたゲザリングが、ニヤニヤ笑いながら近付いてきた。今は上着を脱いでいるので、白いシャツと赤いズボンのツートンカラーになっている。手には刃の部分がうっすらと輝く、奇妙な長剣を引っさげていた。

魔剣というヤツかもしれない。

「セブンウォールの地位にある俺に殺されるとは、人間としては贅沢な死に方だぞ！」

涼は相手に負けないくらい――いや、むしろ相手の嘲笑を吹き飛ばすようなふてぶてしい笑みと共に言い返す。

「口だけは達者だが、あんたはそのセブンウォールとやらの中じゃ、成り立てほやほやだと聞いたけど？」

途端にゲザリングの顔が強張ったが、涼は全く気にせず続けた。

「忠告だが、大言壮語した後で、もしぶっ倒されたら、最悪だと思うぞ？」

相手に合わせて言い返しただけなのに、向こうは素晴らしく腹を立てたらしい。

たちまち浮かべていた薄笑いを消し、浅黒い顔を歪ませる。ぎりっと奥歯を噛みしめる音までしたほどだ。

「……剣技のみに限ると言われなければ、この場で攻撃魔法を叩き込んでやったものを」

「俺に言われてもな」

両手を広げた涼を見て、周囲のざわめきが少し静まった。

どうも、野次馬連中から呆れられたらしい。

「ははは。相変わらず面白いヤツだ。予も間近で見たくなった」

興味が湧いたらしく、魔王グレイオスまで玉座を立ち、下りてきた。

今の会話が聞こえていたようだ。

「合図は予が出してやろう。……くれぐれも言っておくが、声をかけた時点で終わりだ。特に、ゲザリング、よいな！」

「わかっております」

ゲザリングはまた一礼したが、最初に比べれば優雅さに綻びが生じていた。

おそらく、涼の言い草に腸が煮えたぎっているのだろう。

(戦いってのは、冷静さを失った方が負けじゃないのか？)

涼はそう思い、自分自身を省みる……怯えはないし、頭の中は澄み渡った湖水のように冷静だ。今この瞬間からでも、全力で動けるだろう。

まあ、合格のようだ……この危機にあってなぜこれほど落ち着いていられるのか、自分でも説明し難いが。

鞘を払って刀を抜き、邪魔な鞘は腰のベルトに差す。

……しかし、まさか学校のブレザー姿で、魔族戦士とやり合うとは思わなかった。

昨日までの時点では有り得なかったことだが、これも一興かもしれない。

「準備できたなら、始めるが？」

既に魔剣を手にしているゲザリングと涼を見比べ、グレイオスが静かに問う。

「俺はいつでもいい」

「大丈夫です、陛下っ」

涼とゲザリングの声が重なり、グレイオスは一つ頷いてから声を張り上げた。

「いいだろう、始めっ！」

その刹那、明らかにゲザリングは嘲笑を浮かべ、疾風のごとく踏み込んできた。

どれほど軽薄に見えようと、やはり魔族の精鋭であることは疑いようもなく、その速度は明らかに人間のレベルを超えていたように思う。

ただ、それでも涼は敵の初手をかわした、かわしきった。

暴風に等しいような風切り音がしたが、最小限の動きで身を捌き、大振りの魔剣を避けたのだ。肩を少し掠ったものの、二つ割にされるよりは遥かにマシだろう。

「後継者たる者が、逃げるのかっ」

「安心しろ、どうせ最後は俺が勝つ」

即答で涼が言い返すと、ゲザリングの顔が真っ赤になった。密かに予想した通り、挑発には極めて敏感らしい。

「減らず口をっ」

怒声と踏み込みと剣撃が、全く同時に来た。

相変わらず涼をナメているのか、その剣撃は過剰なほど大振りだったが、それでも剣が霞むほどのスピードがあった。

基礎体力やパワーが、人間とは比べものにならないようだ。

これも紙一重に等しいぎりぎりで避けたものの、目で追っていたゲザリングは、すぐさま避けた方向へ向き直った。

「ちょこまかと逃げおって！」

再び、一気に間合いを詰めようとする。

（そろそろ仕掛けるかっ）

決断した涼は、わざと自分も大きく刀を振り上げ、勢いよく剣撃を繰り出そうとした。

読み通り、ゲザリングが嘲笑と共に喚いた。

「遅いぞ、人間っ」

同時に、斜め下方から鮮やかな銀の閃光が涼の首筋を襲う。

涼は振り下ろそうとしていた刀でその剣撃を受け止めたものの、力負けして刀を弾き飛ばされた——ように見えた。

実際に、涼の刀が宙を舞ったのだから、見物人の誰もが「あ、こいつは次に頭割られて死ぬな」と思ったことだろう。

「よしっ」

ゲザリングが残酷な笑みを見せたが、身軽になった涼はいきなり猛然と間合いに飛び込む。

「なんだぁ!?」

てっきり逃げるかと思って畳みかける気配を見せていたゲザリングに、一瞬の弛緩《しかん》が生じた。涼の刀を弾き飛ばし、「もはや無力化した!」と確信していたので、なおさらのことだ。

その隙を涼は待っていた。

流れるような動きで相手の襟元を掴み、同時に踵《きびす》を返して自らの体勢を入れ替え、いわゆる背負い投げの体勢に入っている。ゲザリングが気付いた時には、軽々と投げられ、石床に叩きつけられていた。

さらにすばやく涼が右足でゲザリングの胸を踏ん付け、固定してしまう。

「ぐぬっ」

受け身など知らぬゲザリングは、後頭部をモロにぶつけて呻いたが、もちろんその程度で怪我などしない。

そこで彼は見る。

涼が、そちらを見もせずに真っ直ぐ右手を上げ——まさにそこへ、タイミングを計ったように刀が落下してきたのを。

飛ばされていた刀は落下途中で、不安定にくるくる回転していたのに、涼は嘘のように綺麗に柄の部分を握り、受け止めていた。

しかもその間、視線は最初から最後までゲザリングに固定したままである。

自分が下から刀身を叩き上げたのだから、弾き飛ばされた刀が天井の方へ飛んだのまでは、ゲザリングも覚えている。

とはいえ、全てを計算ずくで涼が動くなどとは、予想もしていなかった。

（いやっ、あり得ない！　たかが人間に、そこまで先読みなど不可能だっ。こんなの偶然に決まっているっ）

「こしゃくなっ」

怒りに任せて跳ね起きようとした時には、既に遅かった。

自分の手に戻った刀を素早くゲザリングの喉元に突きつけ、涼は静かに宣告した。

「おまえの負けだ」

「それまでっ」

これも、タイミングを合わせたかのように、魔王グレイオスの制止の声と同時だった。

＊＊＊

グレイオスの終了宣言を聞いた瞬間、もちろん涼は素早くゲザリングと距離を取り、刀を鞘に戻した。当初からそういう約束だったので、当然である。

元々、涼は喜んでこの挑戦を受けたわけではない。

ゲザリングは呆然と上半身を起こしてグレイオスの方を見たが、グレイオス自身は涼の方を見て破顔していた。

「ははは。やはり神器トゥルーミラーは嘘をつかぬ。おまえの才能は驚くべきものだな。どこまで計算してやっていた？」

「……計算というほどのこともなかったと思うがなあ」

涼は正直に答えた。

「相手の武器を奪ったと確信した時、大抵の敵は油断する。今回はその手を利用しただけのことだ」

自分にしては謙虚に――というより、本心そのままに語ったつもりだが、なぜか周囲の野次馬魔族達から感嘆のため息が洩れた。

渋々ながらではあるが、明らかに感心してくれたらしい。

「うむ、なんであれ、ここでおまえが勝利を収めたのは互いにとってよかった。これで予も、堂々とおまえを後継者に指名できる」

「いや、その件についてまだ俺は」

などと涼が言いかけた途端、その場で狂ったような喚き声がした。

もちろん、敗者となったゲザリングであり、涼と違って彼は魔剣を離しもしていなかった。

「ま、まだ俺は戦えるううっ」

ほとんど狂ったように喚いて涼へ向かってこようとしたが、そんなゲザリングの前に、素早く立ち塞がった者がいる。涼が最初から注目していた青いゴシックドレスの少女で、手には巨大な漆黒の大剣が握られていた。

「おい、これは俺の戦い――」

「魔族の恥さらしっ」

涼が手を上げるのと、少女が鞭のごとき叱声を飛ばすのが、ほぼ同時だった。

しかも、叫んだ時には、右手の巨大な剣がゲザリングの頭上を襲っている。肉を絶つ嫌な音がしたかと思うと、ゲザリングは文字通りの唐竹割りになり、その場に潰《つい》えた。

……彼が叫ぶ暇すらなかったほどの、早業だった。

「ユ、ユリア様っ」

「ユリア様！」

彼女の側近らしい男女が叫んだ時には、もはや全ては終わっていたのである。

（いいのか、これ？）

涼は他人事ながら、ユリアと呼ばれていた少女のやりように気を揉んだが――気のせいではない証拠に、グレイオスがさっとユリアの方を睨みつけた。

「……なんの真似か、ユリア？」

不気味に低い声が、彼の歯軋りのように聞こえた。

「グレイオス陛下」

ユリアは漆黒の剣をまさに魔法のごとく虚空へ消した後、微かに低頭した。

「この者は」

もはや肉塊と化したゲザリングを一瞬だけ見下ろし、唇を歪める。

「陛下の命令に背き、後継者に指名された彼を殺そうとしました。それはまあ置くとしても」

いや、置くのかよっ、とまた涼が思わず心中で突っ込む。

涼の方など見もせずに、ユリアとやらはすらすら続けた。

「勝負が決まっていたのは誰の目にも明らかだったのに、陛下の命令に背いただけではなく、魔族の誇りにまで泥を塗ったのです。セブンウォールトップとして、看過できませんでした」

それきり、彼女は口を噤《つぐ》み、堂々とグレイオスを見つめた。

両者の間には一種の緊張感と評すべきものが漂っていたが、少なくともこの謁見の間は、微かな称賛のざわめきで満ちている。他の魔族達がユリアの堂々たる説明を是としていることは、ほぼ間違いないだろう。

つまりは、それだけゲザリングという戦士が、人望も人気もなかった証拠である。

さてあいつはどう出るか？　と涼はグレイオスに注目したが、彼は涼以上に場の空気に敏感だったようである。

しばらくして大きく息を吐いた後は、拭ったように憤怒の表情が消え失せていた。

「なるほど、おまえの説明は道理だな。なにより、予の命令に背いたゲザリングの罪は大きい」

皮肉とも取れる言い方をした後、グレイオスは一転してユリアから目を逸らすと、大股で涼に近付き、肩を叩いてきた。

「幸か不幸か、ちょうどセブンウォールの一角が、空いたらしい。皆の者、よく聞けっ」

グレイオスはその場でぐるっと臣下達を見回す。

「この勝負で天野涼の実力もわかったはずだ。以後、この男は予の後継者として、まずはセブンウォールの次席を命じる。……後継者故に、トップと言いたいところだが……それはしばらく様子を見てのことだ」

『ははあっ。仰せのままに！』

今度こそどこからも異議は出ず、周囲を埋め尽くす魔族達が恭《うやうや》しく片膝を突き、命令受諾の意志を示した。

ぼさっと立っているのは、当惑した涼と——眉をひそめてグレイオスを見据える、ユリアと呼ばれた少女戦士のみである。

（このままで済むまい。どうも俺は、権力争いに巻き込まれているような気がするぞ）

臣下筆頭らしいあの少女と、彼女を疎む魔王グレイオスとの間で、右も左もわからない自分が板挟みという、感涙にむせびたくなるような立場である。

遅まきながらそこに気付き、涼は早くもうんざりしてきた。

＊＊＊

後継者の件ですらまだ考慮中というのに、勝手にセブンウォールなどという時代錯誤な地位に据えられた涼だが、少なくともグレイオスの言う景品の確保は無事に済んだ。

つまり、純白のドレスで身を固めた敵国の王女とやらが檻から引き出され、涼に勝者の景品として引き渡されたのである。

檻から出される時、槍を持った魔族の兵卒に腕を掴まれそうになるや、「わたくしに触らないでっ」と気丈に言い返した少女だが、それでも涼のそばには素直に歩み寄った。

「……助けてくださって、ありがとうございます！」

長い金髪を舞わせて駆け寄ると、いきなり涼の手を握り、輝く笑みと共に言ってくれた。

邪気のない笑顔であり、魔族兵士達とは大違いの対応だった。

「あ、ああ」

意外だったので、涼ですら少し戸惑ったほどだ。

檻の中にいた時は張り詰めた表情だったが、今はすっかり笑顔である。少なくとも、涼が本当に景品として自分をむごく扱うとは、思ってもいないらしい。

……まあ、確かに涼とてそんな気は微塵《みじん》もなかったが。

周囲では既に魔族達が謁見の間から解散しつつあり、グレイオス自身もどこかへ出て行った後である。放置された二人に、最初に涼を案内したエルフの女兵士が近付き、深々と一礼した。

「涼様、お部屋へご案内します」

「そりゃ助かった。今夜はこの寒々とした部屋で雑魚寝《ざこね》かと、半ば覚悟していたところだ」

半分くらい本気で答えたが、相手は当初のようにキツい視線で睨んだりはしなかった。

それどころか恐縮したように頭を下げ、「ご案内が遅くなり、申し訳次第もございません！」と謝罪したほどだ。

「……いや、なんか態度変わってないか？　俺は半時間前と、なに一つ変わってないのに」

訝しむ涼が尋ねると、背後から返事があった。

「今この瞬間から、おまえは魔族達の中でも魔王に次ぐ地位である後継者であり、さらには最強のセブンウォールの一人でもあるわ。その権勢を考えれば、彼女の怯えは当然ね」

振り向く前に、先程ゲザリングを真っ二つにしたばかりのユリアが現れ、涼の前に立つ。

慌てたようにエルフ耳の兵士が跪いたのが、印象的だった。

「少し、彼と話があるわ。おまえ達は、先に戻りなさい」

さらに彼女は、直属の臣下らしい男女をなぜか手を振って遠ざけた。二人の戦士は、素直に低頭して謁見の間を出て行ってしまう。

ちなみに……二つ割にされたゲザリングの死体は、今も兵卒達が数名がかりで片付け中だが、彼女はそちらを見もしないし、反省の欠片もない。

肝の太さは、さすがに魔族の重鎮と言えるだろう。

とはいえ、涼としてはむしろ世話になっているので、低頭して礼を述べておいた。

「先程は、手間をかけた」

「気にすることはない。おまえの実力なら、どうせ同じことの繰り返しだったはず。……ただし、あいつが魔法を使わなければ、ね」

ユリアは、なかなか痛いところを突いてくれた。

確かに今の涼に魔法など無縁である。いや、なんとなく使えるような気がしてならないものの、現状では単なる根拠のない自信に過ぎない。

ただし、他の切り札もあるといえばあるのだが……などと涼が考え込んでいると、今気付いたように、王女が呻き声を洩らした。


「この人が……あのセブンウォールトップのユリア」


「黙りなさい、人間」

ユリアの切れ長の目は、王女の方を見もしなかった。

「お呼びじゃないわ。ユリアは今、この涼と話しているのよ」

むっとしたように息を呑む気配がしたが、さすがに気丈な王女も言い返さなかった。

「俺になにか？」

涼が水を向けると、ユリアは小さく頷き、ひたと涼を見た。

「瞳をよく見せてほしい」

「今、見つめ合っていると思うが？」

薄赤い綺麗な目をひたと見つめ、涼は小首を傾げる。

少し目を見開き、ユリアは苦笑した。

「ああ、そういう意味じゃなく、もっと間近で」

「なんなら、抱き上げようか」

かなり本気で申し出たのだが、冷え切った声音で「……おまえ、死にたいの？」と言われてしまった。

「つまりなにか、もっと腰を屈めるなり膝を突くなりして高さを合わせ、間近で目を見せろということか」

「そう、そうよ！　身長差があるから、どうしても間近で見られないでしょう!?　理解しなさい、そのくらいっ」

「なるほど」

頼みごとの割に態度がデカいぞっ。

涼としてはそう言い返したかったし、実際に口にする寸前だったが……彼女には借りがあるので、渋々言われた通りに腰を屈めて背丈を合わせてやった。

なにしろこのユリアと来たら、実力の割に見た目は小学生くらいなのだ。

「これでいいかな？」

「いいわ。しばらくじっとして、ユリアの瞳を見て」

「――いけない、涼様っ」

それまで大人しく見守っていた元捕虜の女の子が、ふいに警戒の声を上げた。

「なんだ?」

「その人は――魔族のセブンウォールトップで、マインドヴァンパイアなのっ。魅了の術にやられたら、意のままに」

言いかけたが、じろっと睨んだユリアを見て、慌てて自ら目を逸らした。

「マインドコントロールをかけるつもりはないわ。……ただ、彼が本当に恐怖を感じないのか、知りたいだけ」

「恐怖を感じない?」

涼が首を傾げると、呆れたように言われた。

「自分で気付いてない? 先程、おまえは、普通なら人間が感じるはずの恐怖を一切感じずに戦っていたはずよ」

「……怯えるほどの相手じゃないと思っただけだが、違ったのか。まあ、俺は天下無敵の記憶喪失だからな。去年以前のことはさっぱりわからない」

ぶつぶつ言いつつ、涼は今度は両膝を突いて本格的にユリアと視線を合わせた。

「ぜひ、確かめてくれ。なにかヒントになるかもしれない」

「……景品王女の警告を無視するのかしら」

「無視するんじゃない。ここであんたの視線にやられるようなら、魔王の後継者なんて到底、無理だと思っているだけだ」

「なるほど」

感心したようにユリアが目を細めた。

「少なくともおまえは、ゲザリングよりはかなりマシね」

褒めたのか貶《けな》したのか微妙なことを述べると、ユリアは本当に互いの鼻先がくっつくほど間近に顔を寄せ、薄赤い瞳でじっと涼の瞳を覗き込んだ。

よくよく見ると、瞳それ自体が光を放っているようにも見え、なにかこちらの魂にまで眼光が届くような、不思議な気持ちになる。

しかし、涼は気を張ってその視線を受け止め、決して目を逸らさなかった。

静まり返った謁見の間で、どれほど時間が経ったのかわからないが、とにかくしばらくして、ユリアが深いため息をついた。

「信じ難いことに、おまえはユリアの瞳を直視しても、動じることがないわ。魔族戦士ですら、恐怖を完全に克服した者は、数えるほどもいないというのに。人間の身で全く恐怖を感じないなんて、驚くべきことね」

「……他になにかわかったことないか？」

立ち上がった涼が興味津々で尋ねたが、ユリアはあっさり首を振った。

「おまえの心は不可視の縄で縛られているかのように、がんじがらめに封印されている。誰かが……あるいはなんらかの事象が起きてそうなったみたいだけど、記憶を取り戻すのは至難の業だと思うわよ」

「戻らないものは仕方ないとはいえ、嬉しくない試練だな」

「せいぜい、がんばりなさい」

既に興味を無くしたのか、ユリアは軽く頷いて去って行こうとする。

そこで涼は反射的に呼び止めていた。

「礼代わりに、一応あんたに警告しときたい」

「……警告？　人間のおまえが、このユリアに？」

振り向いた彼女が、また切れ長の目を細める。

「そう睨むなって。借りがあるし、言っておきたかっただけだ。とはいえ、あんた自身も気付いているかもしれないけどな」

涼は王女とエルフ兵士に聞こえないように、ユリアの耳元で囁いた。

「魔王グレイオスは、おそらくあんたを疎んでいる。気をつけた方がいい、あんたを見るあいつの目は、明らかに仇敵を見る目つきだ」

「……礼を言うべきかしらね」

ユリアは口元を少し綻ばせ、涼を見上げた。

「ユリアとおまえの間に貸し借りなどないけど、忠告には礼を言いましょう。おまえこそ、注意しなさいな。自分の立場が強固じゃないのは、わかっているでしょうけど」

逆に忠告されてしまい、それを最後に、今度こそユリアは悠然と歩き去った……あたかも、大海を進む鮫のごとく。

なるほど、ユリア本人は魔王の不興を知りつつ、あの態度を変えずにいるらしい。

「……あの子は筋金入りだな」

嫋《たお》やかなドレスの背中を見送りつつ、涼は感心したように呟いた。

＊＊＊

謁見の間を出た魔王グレイオスは、自室にしている城の最上階へ戻った。

七本ある漆黒の柱が、白亜の天井を支える広大な空間だが、グレイオスは脇目も振らずに、北側の壁にかけられた鏡へ向かった。

スーツの上着を脱ぐ暇もあればこそであり、ひどく性急な歩き方だった。

ただ、その合間に口元からは呪詛《じゅそ》の声が洩れている。

「……ユリアめ、このところ、日を追うごとに、予への敬意がおろそかになる。予の運命は見えているにしても、あの女も道連れにしてやりたいものだ」

物騒な内容だが、あらかじめメイド達は下がらせているので、聞く者はいない……唯一、彼が所持する神器、「トゥルーミラー」を除いて。

所有者に関する未来のこと〝のみ〟を答えるという、ある意味で限定的な使い方しかできない魔法の鏡である。

横二メートルに縦が三メートルもある巨大なものだが、この広い部屋の中にあっては、さすがにさほど大きくも見えない。

飴色に光る重厚な木枠に嵌まった鏡であり、その本体である鏡のずっと下の方に、小さく「No.033」とある。これはこのトゥルーミラーの神器ナンバーを示す。神器は全部で百種類あり、ナンバーも当然、百通りあると言われている。そのうちの一つが、このトゥルーミラーというわけだ。

持ち主であるグレイオスが前に立つと、すぐに鏡に変化が生じた。

例によって鏡の中央に小さな黒点が現れたかと思うと、たちまちその点が拡大し、鏡の中を暗黒が覆っていく。

それはまさに、鏡の向こうの世界が、完全なる闇に覆われたかのようである。

やがて鏡それ自体が、漆黒の穴のようになってしまうと、グレイオスは性急に尋ねた。

「トゥルーミラーよ、おまえが提示した通り、異世界の少年を連れ帰ったぞ。リョウ・アマノだったか？　そいつだ。……しつこいようだが、今一度問う。ヤツは本当に、予の後継者にふさわしいのであろうな？」

『貴方も、一度ならず、彼の才能をご覧になったはず』

鏡はいつものように、白い文字を黒一色の中に示した。

グレイオスが見守る間にも、流れるように文字が増えていく。

『ですが、お望みとあらばもう一度答えましょう、我が主人よ。リョウ・アマノ……無数にある世界の隅々まで渡り歩けば、彼より剛力な者は大勢おります、彼より俊敏な者もわずかにおりますし、それに彼より速く走れる者も多少はおります。しかし――』

もったいぶるように一拍置いて、鏡は結論を浮き上がらせた。

『……数多の世界を覗こうと、彼より戦いの才能に恵まれた者はおりません。実に、一人も存在しないのです。貴方が、ご自分の死後、魔族が世界を統一することを望むのであれば、あのリョウ・アマノがベストの選択です』


「そうか……」

グレイオスはほっとしたような、あるいは少し失望したような……実に複雑な表情を見せた。

「ちなみに、これもいま一度問うが、予は本当にマジックポイズンなどに侵されているのか？寿命が残り少ないというのは、間違いない事実なのだな？」

『事実でございます……我が主人』

相手は、戦女神フューリーが太古の昔に創造した神器だけに、魔王が相手といえども、全く遠慮がなかった。

『貴方は魔法を生み出す素となるマナの使用が過ぎ、その毒素に全身を侵されています。今より半年後には身体が弱り始め、それから三カ月も経ずして死に至ることでしょう……』

「あのユリアめは、百五十歳に過ぎない予の何倍も年上だぞっ。それなのに、どうして同じ病にかからない!?　魔法の使い過ぎが病の原因なら、あやつとて危ないはずだっ」

同じ返事がかえってくるのがわかっていながら、グレイオスはまた訊かずにはいられなかった。もちろん、鏡の返事は同じである。

『なぜかは、私にもわかりません。しかし魔族や人間も、同じ環境で過ごしたとて、重大な病にかかる者とかからぬ者がいます。それと同じことかと』

「ふん、そう言われると反論もできんわ。都合のよい答えよな……はは」

グレイオスは諦めたように笑った。

このトゥルーミラーの予知があればこそ、グレイオスはわざわざ異世界にまで赴き、自分の後継者を見つけて連れ出したのである。

自分が死んだ後に、人間共にこの大陸――仮の物になるはずだったこのシャンゼリオン大陸全土が蹂躙《じゅうりん》されるのを、どうしても許せなかった故だ。

逆に言えば、もしも「マジックポイズン」などという、ほとんど世界に知られない病に侵されていることを知らなければ、後継者探しなどは考えもしなかっただろう。

「死の運命を回避することはできぬか……」

『いえ、わずかな可能性が生まれました』

「なにっ」

質問ではない独白に答えた鏡に、グレイオスは大きく息を吸い込んだ。

「以前、予が同じことを尋ねた時、おまえは『死を回避する方法はない』と答えたはずだっ」

『それはあの時点でのことでございます、我が主人』

相手は鏡だけに、別段の焦りも見せずにしれっと文字が連なっていく。

『今、わずかな可能性がありますと申し上げたのは、あれから微妙に事情が変わったためでございます。これは、以前にはなかった事情です』

「事情が変化するのまでは、神器といえども予知できなかったわけか」

『私が予知するのは、その時点における、我が主人の未来の情報のみ……なぜなら、未来は常に流動的ですから』

別に言い訳でもないだろうが、鏡の表面にそんな文字が浮かび出た。

「……まあよい。おまえのロクでもない予知を読まされてからこっち、一番マシな返事だ」

皮肉を述べて唇の端を吊り上げた後、グレイオスは我知らず、尋ねていた。

「それで……そのわずかな可能性とはなんだ？　その可能性を高めるために、予はなにをすればよい？」

# 第二章　セブンウォールの一人として

シャンゼリオン世界においては、魔族と人間を創造した神は、それぞれ別だとされている。

例えば、魔族を創造したのは戦女神フューリーだと言われているし、人間を創造したのは、女神シャリオンだと言われているのだ。

真実は当の女神達に尋ねるしかないが、面白いことに、魔族側が「その名が轟く百の神器は、戦女神フューリーが創造されたもの」と信じ切っているのに対し、人間側は「あれは当然、女神シャリオン様の創造されたものだ」と決めつけている。

両者の主張はまるで食い違っている。

そして——女神シャリオンを崇めるシャリオン教団によって、ロザリー・ナヴァールは「勇者」として認定され、神の代理戦士となった。

十年前、僅か六歳の時に両親が魔族によって殺された後、ロザリーはずっと教団が管理する修道院で文武に励んでいたが、つい半年前、彼女の人生を揺るがせるような転機を迎えた。

すなわち、女神シャリオンの「ロザリー・ナヴァール、人々を魔族の手から救いなさい！」という声を聞き、勇者として覚醒したのだ。

このご神託は、彼女が神託を受けた直後に、教団が抱える預言者達にも「ロザリー・ナヴァールこそ、新たな勇者です」というご神託がくだされたので、疑う余地などない。

こうしてロザリーは、十五歳にして勇者として認定された。

記録が残るここ百年で言えば、三人目の勇者の登場だった。

勇者として覚醒したロザリーは、最初の半年でめざましい戦果を上げ、魔族達が占領したヴァレンシア王国の領土を奪還していった。

魔族との戦が始まったのはその時点でほぼ半年前だったから、人間側は、半年の間に奪われた領土を、続く半年で奪い返したことになる。

しかもついに先日、ロザリーは魔族の本隊と戦闘状態になってこれを痛打し、魔族軍は国境の大峡谷を越え、彼らの本領へと敗走していった。

ヴァレンシア王国とシャリオン教団の連合軍は、自ら望んで魔族領に雪崩れ込んだくせに、その後の戦で国土の三分の一を奪われている。ロザリーは、王都アルメリアの失陥《しっかん》すら予想されていた祖国を、まずは見事に救って見せたわけだ。

ロザリーが所属するシャリオン教団は、ヴァレンシア王国の保護下にあり、かの国の王都アルメリア内に自治領すら持つので、ロザリーはシャリオン教団も同時に救ったことになる。

まだ魔族そのものは大峡谷の向こうで健在ではあるが、ひとまず勇者としての勤めを果たしたと言えるだろう。

そう思い、多少は肩の荷が下りた気持ちで王都へ凱旋したロザリーは、奇《く》しくもその日、十六歳の誕生日を迎えていた。

そのロザリーは今、教団の聖堂へ呼び出され、驚いたことに教皇メルベスと対面していた。純白の法衣に身を包んだ教皇は、この世における神の代弁者とされている。

中年間近の男性のはずだが、ローブ姿に加えてフードを頭部にすっぽり被っていて、顔はあまりよくわからない。そもそも教皇をまともに見るのは不敬とされているので、なおさらのことだ。

もちろん勇者であるロザリーも例外ではなく、その場で片膝をついたまま、彼の言葉を待つ立場だった。

ステンドグラスが嵌まった窓が周囲を囲み、遥かに高い天井はドーム状になっていて、そこにも色彩豊かな壁画が描かれている。片膝を突いて畏まっていると、自分がいかにちっぽけかわかるし、ここ自体が一つの宇宙のようにさえ思えてくる。

修道院以外の世界をほぼ知らないロザリーにとっては、緊張するなと言う方が無理だった。

「信徒ロザリー・ナヴァール、そのままで聞きなさい」

「はっ」

彼女の恭《うやうや》しい返事の後、教皇は戦の凱旋を祝い、さらには彼女の誕生日の祝いの言葉すら口にしてくれた。

ロザリーにとっては嬉しいことだし、身が引き締まる思いでもあるが……ただ、祝辞を述べるためだけに呼び出されたわけではあるまい。

そう思って身構えていると、予想通り、教皇はふいに話題を変えた。

「ところでロザリー、疲労の方はどうですか？　戦える状態でしょうか？」

意外な言葉に、ロザリーは顔を上げて答えた。

「我が身は全て、女神シャリオン様に捧げたもの。今すぐにでも、戦ってご覧に入れます！」

「頼もしいことです」

視界の端でうんうんと頷く教皇は笑顔に見えるが、やはり顔はよく見えない。まともに見ていないし、背後はステンドグラスの巨大な窓なので、外からの光が聖堂内に洩れ、逆光になっているからだ。

「それではご苦労ですが、魔法陣を使った転移術で、今一度、前線へ戻ってもらえますか？」

「……なにか戦況に異変が起きたのでしょうか？」

我ながら張り詰めた声が出たが、教皇の返事は慰めるがごとくだった。

「いえ、貴女にはなんの責任もありません。……大峡谷の端で警戒に当たる王国軍を慰問に向かったアリサ王女が、敵に捕らわれましてね。跳ね返りの王女にも困ったことですが、教団としても王国とはよい関係を続けたいわけです」

「ヴァレシンシアの守護女神が……そんなことに」

王国の民が囁く王女のあだ名を、ロザリーは思わず呟く。

建国の日に生まれたというのもあるが、ここ一年、王都内を巡察し、戦時の国民達を慰問し

ていることきっかけで、そう呼ばれるようになった。

「王女は……民の希望の光ですからね」

教皇の言い方は迂遠だったが、つまりは「王女を助けよ」ということだろう。

ロザリーは素早く考えを巡らせた。

成否は置いて、戦闘を伴う作戦を行うことに問題はない。なぜなら、ロザリーが率いていた王国軍と直属の神聖騎士団は、未だに大峡谷周辺に滞陣中だからだ。ロザリーが僅かな供回りと共に帰還したのは、王国と教団の勝利を、王都の民に印象付けるために過ぎないのだ。

あえて転移術を使わず、きちんと行軍して戻った理由も、実はそこにある。

とはいえ、問題の王女がどこに捕らわれているかによって、当然ながら救出の難易度はかなり変わるはず。

ロザリーの思案を読んだように、教皇は続けて告げた。

「アリサ王女は、どうも魔王の居城に連行されたようです。うちの教団からも救出要員を出すので、貴女には指揮をお願いします」

教皇にあるまじき丁寧な言い方だったが、命じる内容は熾烈《しれつ》である。

敵の本拠地であるまっただ中に向かい、王女を助け出せというわけだ。何度か顔を見ただけの幼い王女を思い出し、ロザリーは呻くような思いだった。

彼女を捕らえた魔族達の手際は見事だが、それにしてもどうして彼女は、そんな危険な場所へっ。国境の大峡谷は、ヴァレンシア王国と魔族領との境目であり、すぐ向こうには魔族戦士がうじゃうじゃいることなど、誰もが承知のはずなのに。

しかしもちろん、敬虔《けいけん》な信徒であり、勇者でもあるロザリーに、否やはない。

「ご命令、承知致しました。必ずや救出してみせます！」

「よろしくお願いします。ああ……貴女へのささやかな力添えとして、教団秘蔵の神器を用意しました。勇者の貴女なら、きっと使いこなせるはず」

(神器!?)

あまりの驚きに、ロザリーはしばらく返事もできなかった。

「そ、それはもしかして……」

「そう、貴女の想像通りです」

教皇はもったいをつけるように微笑んだ。

「覚醒して半年、貴女はもはや、立派な勇者ですよ。当然、勇者にふさわしい武器が必要となりましょう。……恩賞を兼ねて貴女に与えましょう、我が教団が保管せし、神器の聖刀を。控えの間で受け取りなさい」

「――っ！　ありがとうございますっ」

ロザリーは、感激して泣き出しそうになった。

正統な勇者のみが持つことを許されるという、神が人に与えし聖刀を賜るなんて！

聖堂内に入ってきた時よりも高揚した足取りで退出していくロザリーを、教皇メルベスは一転して皮肉な目で見送っている。

先程までの慈愛に満ちた表情は、既にない。

帰還直後だっただけに、ロザリーは俗に戦闘スーツと呼ばれる、全身一体化した防御スーツを纏っていたのだが――。

教皇の濁った目は、彼女の全身をねっとりとした目つきで眺めていた。

マントを着けていないため、ロザリーの身体の線が丸わかりなのだが、教皇の目つきはひどく無遠慮である。

(なかなかよい身体をしている……用が済んだ後が、楽しみだな……くくく)

邪悪な笑みが唇に刻まれたが、幸か不幸か、ロザリーは既に警備兵に見送られて聖堂を出て行くところで、彼の視線には全く気付かなかった。

＊＊＊

いきなり魔王の後継者に指名された涼は、その日は部屋に案内されるや否や、安らかに眠りについてしまった。

本当は、当たり前のような顔で一緒についてきたアリサ王女には、彼女専用の部屋を用意してもらおうと思ったのだが……しかし、涼の目が届かない場所で、密かに殺されたりする危険がないとも言えない。

幸い、案内された場所は寝室が複数ある広大な区画だったので、それぞれ別の寝室で休むことにして納得したのである。

ただし、夜が明けた翌日、涼は早くも困惑することになった。


「……なんだ？」

洗顔を済ませ、日本で言うリビングのような広間に出た途端、涼は眉をひそめた。

薄絹のバスローブみたいなのを羽織った女性達五名が、涼の姿を見た刹那、いきなりその場で土下座したのである。

しかも、問いかけても震えるばかりでなかなか口も利こうとしない。

辛抱強く尋ねて、ようやく教えてもらった。

「わ、わたくし達は、魔族領に住む未婚の娘です……」と。

別に既婚の娘でも涼にとってはさほど違いがないのだが、よくよく説明してもらって、ようやく理解した。

つまりその……彼女達はゲザリングが夜を過ごすために呼んだ、夜伽《よとぎ》の相手らしい。

あの男は毎晩、最低五名の処女を要求し、いま涼が相対しているのは、昨晩の当番だったその五名なのだ。

眠らずにゲザリングが戻るのを震えながら待っていたのだが、あいにく彼は、涼のせいで二度と戻らないこととなり、彼女達全員が途方に暮れていたらしい。

後任の涼が戻ったら相談するはずが、そのまま真っ直ぐ寝室に向かってしまったので、相談する機会がなかったのだとか。

説明されてみれば、呆れるほど馬鹿らしい話だった。

……というか、五人も毎晩相手にしていたあいつは、実はいろんな意味で凄いヤツだったのかもしれない。

「ああ、そういうことなら、もう家に帰っていいよ。俺には不要……というか、朝からそんな元気ないし」

夜ならいいというものでもないが、とにかくそう勧めてやったものの、彼女達は土下座したまま動こうとしない。

五人とも、途方に暮れた目つきで、そっとお互いの顔を見つめ合っている。

聞こえなかったのか？　と涼が再び声をかけようとした時、遅れて入ってきたアリサ王女が、涼の袖を引いた。

引っ張られるまま、素直に部屋の隅まで同行すると、アリサはひそひそと教えてくれた。

「お話の内容はよくわかりませんがぁ……魔族領、つまり魔界内においては、魔王やセブンウォールの命令は絶対と聞きます。それがなんだろうと、役目を果たさずに戻ると、処罰されることになるのかもしれません」

……役目ってなんの役目だよ？　と訊きたい衝動に駆られたものの、涼とてそこまで意地悪ではない。それに、昨日こっそり衛兵に訊いたところ、この王女は十二歳だという。

言葉通り、役目の内容などよくわかっていないのだろう。

アリサの肩にそっと手を触れ、涼は感謝の印に頷いた。

「ありがとう、アリサ……て、アリサって呼んでいいのかな？」

「もちろんです！」

豊かなツインテールの片方をもじもじと弄っていたアリサは、一転して嬉しそうに何度も頷いた。

「涼様は恩人ですものっ」

「いや、俺も呼び捨てでいいんだが……まあ改めてよろしく、アリサ」

涼はあまり無理強いはせず、穏やかに微笑む。

まあ、そのうち自然と呼び捨てになるだろう。

「はいっ」

思わず頭を撫でてあげたくなる返事だったが、相手が気を悪くするといけないので、涼は遠慮しておいた。その代わり、涼はまた五名の女性達の元へ戻り、ざっと見渡す。

「ひとまず、立っていいよ。土下座されていると、落ち着かない」

反応がなかったので重ねて言うと、ようやくみんな立ち上がった。

髪の色も肌の色も違う五名だが、なるほど、全員美人でスタイルがよかった……今頃気付く自分もたいがいだが。

「だいたいの事情はわかったが、あんたらを呼んだゲザリングはもう亡い。そこで、ゲザリングの後釜に座った俺が許可したということで、帰れないか？　もちろん、万一それでも咎める者がいたら、俺の元へ行けと言っていい。俺自身が、君達を帰したと保証してやるけど？」

土下座の女性達は少しほっとしたような表情で相談を始めたが、やがて代表して一人が低頭した。

「それでは……お心遣いに感謝して、引き上げます」

見守る涼が気の毒に思うほど、感激していた。

何度も頭を下げ、着替えるために別室へ去って行く彼女達だったが、立ち上がった者のうち、まだ年端もいかない一人が、ぽつんと残っている。

「どうした？」

涼が尋ねると、「元々が奴隷なので……帰る場所がないんです」と言われてしまった。涼が改めて説明を聞くと、どうもこの子は、ゲザリングのために女を捜す役目の者が、奴隷商人から保証付きで買い求めてきたらしい。

「保証付き？　なんの保証……て、いや、説明しなくていい、わかった、わかったぞおっ」

頭を抱えたい気分になったが、そういう事情なら話はわかる。

とりあえず、透けまくりのガウンの下で小ぶりの乳房が見えたりして落ち着かないので、涼は周囲を見やり、ソファーに投げ出されていた厚手の上着を羽織らせてやった。

「あ、ありがとうございます……」

「いいさ。元はゲザリングのせいだ。……で、そうだな」

考えた末、涼は相応の金銭を支払い、自活できるように面倒見ようと申し出てみた。

「本当に俺が後任なら、それくらいのことは可能だと思う……まあ、あちこちに訊いて調べて回る必要があるけど」

「あの……それなら」

女の子はおずおずと涼を見上げた……上目遣いに。

緩くウェーブのかかった銀髪に、前髪の長い女の子だった。濡れたように光る瞳もまた、髪と同じく銀色である。

「わたくしを、使用人としてここに置いて頂けませんか」

「いや、それはありがたい話だけど――」

断ろうと思ったものの、涼は相手の懸命な目つきを見て、結論を急がないことにした。

生まれつきの奴隷だった彼女を、いきなり街へ放り出すのは、あまりにも薄情な気がしたのだ。

「よし、じゃあこうしよう」

涼はなるべく柔らかく告げてやる。

「しばらくの間、右も左もわからない俺の身の回りの世話を頼む。途中、気が変わらないようなら、正式採用ってことにしよう」

「はいっ」

考えるかと思ったのに、相手は即答だった。

「俺の名は天野涼。君は？」

「……ダフネと申します、ご主人様。年齢は十四歳です」

そんな歳で夜伽《よとぎ》に連れてこられたのかよっと、涼は思わず呻きそうになったが、辛うじて堪えた。

「ご主人様ってのは、やめてくれ。あちこち痒《かゆ》くなるから」

顔をしかめたところで、今度はノックの音が聞こえた。

早速、ダフネがドアを開けに走ろうとしたので、涼は手で制止した。

「俺が出るよ。ダフネはまず、服を着替えてくるといい。目のやり場に困る」

「は、はいっ」

慌てて胸元を手で覆い、ダフネは控えの間に走って行った。


訪問者は昨日出会った女性戦士とは別の女性で、浅黒い肌に額に小さいツノが生えていた。

別にその程度のことで涼は気にしないが、彼女の用件を聞いて顔をしかめた。

「副官の処分を決めろ？　グレイオス……陛下が？」

セブンウォール着任を拒否しなかったので、涼は今度はちゃんと魔王を敬称で呼んだ。

「はい。元々副官のあのお方は、ゲザリング様が着任する以前より、第七軍……いえ、今は第二軍ですか」

ちらっとツノ少女は涼を振り返り、また慌てて前を向いた。

「とにかく、副官として第二軍を支えていたお方です」

城内にある螺旋状の階段を下りつつ、彼女は恭《うやうや》しく頷く。

アリサは留守番として部屋にいてもらい、涼は彼女の先導で地下牢とやらへ向かうところだ。

そう、呆れたことに、涼を補佐すべき副官とやらは、今は地下牢に叩き込まれているらしい。

延々と階段を下りつつ、涼は自分が魔族軍の第二軍とやらを任されている事実に、ため息をつきそうになったが、異世界へ渡ること自体は涼も望んでいたことなので、あまり文句も言えない。

しかし、日本では単なる高校生だった自分に、魔族軍の軍勢の一部を任せようとは、あの魔王も良い度胸をしていると思う。

「副官となれば地位もそこそこだろうに、なんだってまた、地下牢に入れられたんだ？」

「それは……ご本人にお尋ねください」

明らかに口ごもり、彼女は地下牢へ通じる鉄のドアを開けた。

「この先が、地下牢がある区画でございます」

「なかなか、ご機嫌そうな場所だな」

むわっとする湿気と、かび臭く籠もった空気を感じ取り、涼はぶすっと感想を述べた。

女戦士は何も答えなかったが、内心では賛成したそうな様子である。

鉄のドアを開けてさらに石段を下れば、そこはもう、整然と鉄格子の檻が並ぶ場所だった。

入り口付近に、二人ほど案内の女兵士と同じ黒い制服を着た男達がいて、彼女を見て同時に敬礼した。

『百騎士殿！』

「任務ご苦労」

案内の女性も、キリッと綺麗な敬礼を返す。

「グレース殿に面会に来た。通るぞ」

『ははっ』

返事もまた同時だったが、二人揃って涼の方を見て、目を瞬いている。涼がわざと真面目な顔のまま敬礼してやると、向こうも慌てて敬礼を返してくれた。

「……百騎士ってのは、百人の兵を率いる将官ってことか」

「左様です、涼様」

檻と檻の間の通路を歩きつつ、彼女は誇らしげに頷いた。

黒い制服の左胸にある金線を手で示し、「これが百騎士の階級章です」とわざわざ教えてくれた。

「それぞれ指揮する兵力を表しますが、涼様の場合は指揮兵力に制限がないセブンウォールであらせられるので、正式には『第二軍の将軍』ということになります」

「ありがとう、勉強になる。あんた……いや、君の名前は？」

「レグニクスです……どうぞお見知りおきを」

　一礼した後、レグニクスは立ち止まり、一番奥の一画を手で示した。

「万騎士であり、副官でもあるグレース殿は、この奥にいらっしゃいます。私はここでお待ちしますので」

「……わかった」

　一人で先を進もうとした涼に、レグニクスは思わずといった調子で声をかけた。

「涼様！」

「どうした？」

「これは私の職責ではありませんが……一つの雑談としてお聞きください」

　改まって言う彼女に、涼はもちろん居住まいを正して頷いた。

「喜んで聞こう」

「前任のゲザリング様もそうですが、魔王陛下もまた、グレース様を疎んでおります。ですから、涼様の決断次第では、陛下の不興を買うこともあり得ます」

　言いにくそうに打ち明けたレグニクスに、涼は破顔して礼を述べた。

「ありがとう！　あんた、いいヤツだな」

「えっ」

　感謝の印に低頭し、涼は今度こそ彼女に背を向ける。

　さて、鬼が出るか蛇《じゃ》が出るか。

　内心で覚悟を決め、涼はゆっくりと通路の奥に進んだ。

一番奥の隅に位置したその牢は、明らかに他とは造りからして違った。

鉄格子の太さが他とは段違いだし、おまけに牢内の石床には魔法陣まで描かれている。逃亡を防ぐための、なんらかの機能があるのかもしれない。

さらに驚いたことには、「一体、どんな凄いヤツがぶち込まれてるんだ？」という、涼の密かな警戒心を裏切り、牢内にいたのはすらりとした少女だった。

長い髪は涼と同じく黒で、瞳も黒い。気の強い猫のように吊り目がちな目だったが、表情は物静かである。

格好については、最初涼は「競泳水着に黒ストッキングでも纏ってるのか？」と思ったが、よく見るとその黒ストッキングは未知の素材で出来た戦闘スーツのようなものらしく、表面に鱗状の模様があった。

左胸には金線が三本あり、あれが万騎士の階級章らしい。

二人してとっくりと見つめ合った後、彼女の方が先に声をかけた。

「人間なんて珍しいわね……誰かしら？」

「聞いて驚いてくれ、俺はゲザリングの後任だ。自分でも信じ難いことに」

「あいつはどうしたの？」

眉をひそめて訊かれたので、涼はお返しに尋ねてやった。

「ゲザリングは新任だったそうだが、仮にも上官をあいつ呼ばわりしていいのか？」

「あいつはもう、私の上官ではない」

彼女はこの上なくはっきりと言い切った。

「新任した直後に、副官に肉体関係を迫るような男は、上官とは認めないわ」

「それはまた」

(目が高いな、あいつも)

冗談に紛らわせてとっさに言いかけたが、あまり彼女が喜びそうにないので、控えた。

代わりに涼は、肩をすくめて教えてやった。

「ゲザリングなら、俺との試合直後に死んだ。実にややこしい事情でね」

何も知らない彼女にも理解できるように、涼は自分がこの城へ来た経緯から説明を始め、昨晩の試合の結果まで順を追って話してやった。

彼女……グレースは一言も口を挟まずに聞いていたが、涼が説明を終えると、信じ難いという風に首を振った。

「最後に殺したのがユリア様というのは置いて、おまえ、いや貴方は……あいつに勝利したのか。見習い待遇の末席とはいえ、仮にもセブンウォールの一角に着任した男に？」

「まあ、油断もあったのかもしれないな。いかにも傲岸不遜《ごうがんふそん》そうに見えたし」

涼は真面目腐って答えた。

「しかし一番の原因は、俺の方が強かったからだと思うがね。はっは！」

正直に語ったのだが、返って来たのは沈黙と綺麗な瞳に浮かぶ困惑だった。

「……それで、貴方は私になんの用かしら」

「は？　なんの用かしら？」

涼はむっとして顔をしかめた。

「俺がこんな地下にまで、愚にもつかない戦勝自慢に来たとでも？　もちろん、今からでも副官に戻るかどうか、あんたに訊きに来たに決まってるだろ」

途端に、理解し難いという様子でグレースが首を振る。

「理由はどうあれ、私は明確に元上官に反抗したわ。あの男は数日後にも、私の首を刎ねるつもりだったし、魔王陛下もそれを是としていた。そんな私を助けたら、後継者と言えども、陛下の不興を買う恐れがあるわよ？」

グレースはたっぷり脅した後、涼をじっと見つめた。

「その、背筋が凍りそうな恐怖の警告は、もう聞いてる。お陰で今も、内心で震え上がっているところさ」

言葉とは裏腹に、涼はニヤッと笑って両手を広げた。

「だが、俺は記憶喪失には違いないが、なんとなくわかるんだ。……俺を嫌うヤツは、ザルで掬うほど大勢いるだろうなってことが」

ふざけた口調ではあるが、完全に本心である。

自分ほど他人に好かれない男も珍しいと思っている。お別れ会を開いてくれたクラスメイトの女の子達だって、どうせ時間が経てば離れていったに決まっているのだ。

「だからこの際、もう一人『アンチ涼』が増えたところで、気にしないね。それに、処分はおまえが決めろと言ったのは、魔王陛下の方だ」

そこまで聞いた途端、グレースがベンチから立ち上がり、涼の正面に歩み寄ってきた。

鉄格子越しに向き合う形だが、眼前に来ると、彼女のバトルスーツじみた格好がいかに刺激的かわかる。女好きのゲザリングがいきなりセクハラに及ぶのも、無理はないかもしれない。

「……身体を要求したりしない？」

実によいタイミングで、グレースが念を押した。

涼は表情を眩まし、憮然《ぶぜん》として即答する。

「俺は修行僧のように辛抱強いんで、我慢できるはずだ。あんた——いや、君に期待するのは、いきなり魔族世界に放り込まれた俺をよく補佐し、戦の折にはアドバイスをくれ、さらに俺が退屈した時には、小粋な冗談を聞かせてくれると。今すぐ思いつくのは、それだけ」

「私には、あまり冗談の才能はないと思うわ」

その部分に関しては、冗談で言ったのだが、生真面目に返されてしまった。

やむなく、涼もわざと難しい顔で頷く。

「いいさ。どんな人間にだって、不得手はある。涙を呑んで、俺が妥協しようじゃないか」

「ならば、私に否やはありません」

初めて花が開くように微笑み、グレースはその場に跪いた。

「我が主君よ……今後は貴方が、私の上官です」

「うん。話は決まったな」

涼もにこやかに応じ、離れた場所で待つレグニクスを呼んだ。

「ここの鍵を開けてくれるか？」

＊＊＊

グレースという副官の協力を得たお陰で、涼はセブンウォールの重要性と地位の高さについて、かなり詳細に知ることができた。

地下牢に迎えに行った数日後も、たまたまグレースと城内の廊下を歩いていて、涼は彼女から即席レクチャーを受けていた。

まず、ユリアをトップに七名いるセブンウォールは、文字通り魔族社会の最高峰の戦士であり、私兵を擁《よう》する軍閥《ぐんばつ》でもあるらしい。

一人につき、最低でも一万……多い者になると数万の兵力を保持しているそうな。

もちろん、魔王グレイオスの兵力は臣下達より突出しているが、独自の軍勢を持つとなると、セブンウォールが別格の地位と教えられても、理解できる。

そのセブンウォールとしては末席かつ新人だった、涼の前任者ゲザリングでさえ、戦死した前任者の軍勢をそのまま受け継ぎ、一万五千の兵力を持っていたという。

「死者の悪口を言う気はないが、それほどの兵を擁《よう》する指揮官としては、あいつはいささか実力不足に思うがな」

　さすがの涼が遠慮がちに主張すると、グレースはしっかりと頷いてくれた。

「とんとん拍子に出世しすぎたのでしょう。おそらく涼様が倒さなくても、いずれは戦死していたかと」

　死刑になりかけたせいかグレースの物言いは辛辣だったが、その評価はおおよそ他の魔族達と共通しているように思う。

　涼自身、あまりよい噂を聞かない。

「ところで涼様、城へはいつお移りに？」

「シロ⁉」

　それは犬の名前か？　と希望的観測を持ったが、無論、違う。

　涼が危惧《きぐ》した通り、グレースが指摘したのは、涼の持ち城となるハズの建物らしい。

　表情を見て、「この人、詳しい説明を誰からもされていないのね」と理解したのか、グレースは立ち話をしていた廊下の隅まで涼を引っ張っていき、そこの窓から外を指し示した。

　普通のヨーロッパの古い街並みに似てはいるが……夕闇が迫る街路を歩く住人には、人外の者も大量にまじっていた。

「……この魔王陛下の居城は、我々の帝都グラナガンの中心に位置しますが、セブンウォールのメンバーも、それぞれ自分の居城を持っています。涼様の城も当然あって、それは北の国境線である大峡谷と西の国境に面した、ほぼ最前線にあたります」

その「涼様」と呼ぶのはやめないか？　と涼は言いかけた――が。

よくよく考えると、最初に「将軍様」と呼ばれるのを嫌い、涼自身がそう呼ぶように一昨日だかに頼んだのだった。

呼び捨ては不可能です、と身も蓋もなく断言されたので、今のところ、他にマシな呼び方もないかもしれない。

内心でため息をついていると、グレースがにこりともせずに続けた。

「城以外にも、この帝都の中に居館もございます。まずはそちらへ移動されますか？」

「居館ときたか！」

涼は皮肉な声音で呟く。

一人だし、六畳程度の部屋なら落ち着くが、どうせその居館とやらは、ワンルームのような場所ではあるまい。

「日本じゃただの高校生だった俺には、過ぎた資産だな。いきなり不動産税で悩む羽目になりそうだ」

愚痴ついでに冗談で言ってやったが、無論、グレースは首を傾げただけだった。

傾げたついでに黒髪がさらさらと流れ、やたら良い香りが漂った。

「……仰る意味がわかりませんが、少しずつ慣れていきましょう」

堅苦しい中にも、いたわるような声音を感じとり、涼は真面目な顔に戻って頷く。

「努力はする」

「ひとまず、身の回りの世話をする奴隷達をお揃えになってはいかがですか？　例外はありますが、セブンウォールのメンバー達は、それぞれ大勢抱えていますよ」

「大勢って何名くらい？」

「夜伽《よとぎ》の相手に、身の回りの世話をする者……まとめて五十名くらいですか。これはあくまでも、身近に仕える者だけで、通常会わないような奴隷を含めれば、三桁は超えるでしょう」

なるほど……魔族社会に人権団体などはないらしい。

だいたい、説明するグレース自身が眉をひそめているので、こいつも奴隷の数はともかく、夜伽《よとぎ》がどうのには、思うところがあるようだ。

「前にも誰かに言った気がするが、俺は人見知りする方でね……初対面の人間に慣れるには、まず十年はかかるんだ。時間が惜しいから、遠慮しておく」

真面目に答えるつもりが、涼は思わず憮然と返してしまった。

「それより、セブンウォールトップのユリアについて、どんなことを知ってる？」

涼の質問に、グレースはそっと廊下の左右を見渡した。

「……警戒しなきゃいけないような質問なのか？」

「あのお方は……魔王陛下を全く恐れない、唯一のお人なので」

眉をひそめてグレースは首を振る。

俺だって別に恐れてないんだが？　と喉元まで出かけたが、涼はあえて口にはしなかった。

新任の副官を、あまり驚かせるものではない。

「実のところ、『魔王が最も畏れる戦士』というのが、あのお方につけられた密かなあだ名なのです」

「それは剛毅《ごうき》だなあ」

感心して頷いたのに、正気を疑うような目で見られてしまった。

「そもそも、なぜそのようなご質問を？」

「俺は、下手すると彼女の実力は魔王を超えると思っているから」

涼は正直に思うところを告げた。

「もしも俺が本当にグレイオスの後継者となる運命だとしたら、ユリアがどんな女の子か、知っておきたいのは当然じゃないか？」

「お、女の子……ですか」

頭痛がするような顔で手を額に置いた後、グレースはまた周囲を確かめて、言った。

「私から申し上げられるのは、あまり多くありません。まず、あのお方はこの世界のヴァンパイア達の始祖であり、現存する全てのヴァンパイアが比肩できないほど強力な力を持つ、オンリーワンの存在であること。次に──千年以上昔、あのお方のご両親が、ユリア様生誕以前に夢を見たそうなのです。戦神フューリーが神託を告げる夢を。その内容は、『おまえ達の娘は、いずれ真の覇王を補佐する存在となるだろう』というものだったとか。ユリア様はそのことを誇りに思っていらっしゃいます。グレイオス陛下を入れて三代の魔王に仕えていますが、未だに真の主人には巡り会っていないと……口には出さずとも、そうお考えのように思います」

それだけを語った後、グレースは静かに口を閉ざした。

語るべきはもう語ったと言わんばかりに。

「なるほど……あの態度にもちゃんと理由があるわけだ」

涼は頷き、密かにため息をついた。

となると、魔王とユリアの対立には、根本的な解決方法がないように思える。

結局は、どちらかが消えるしかないのではないか？


……副官グレースとのやりとりはほんの一例に過ぎず、毎日慣れないことばかりが続くが、それでも涼はそれなりに快適に過ごしていた。

魔王グレイオスが忠告した、「帝都内を歩くのは、もう少し城内で魔族の慣習に慣れてからにせよ」というさりげない要請も、立場を考え、涼は生真面目に守っている。

別に人外の獣人や魔獣に毛嫌いなどないのだが、向こうが人間を嫌っているようなので。

人型タイプの魔人も見た目は人間そのままなのに、どうやら臭いで違いがわかるらしい。牢から出たばかりのグレースも、母親が人間というだけで、人知れず堪え忍ぶ生活を送ってきたようだ。その証拠に、「異邦人《フォリナー》」というのが、彼女のあだ名である。

種族名も人型タイプの魔人なのに、人間の血がまじるというだけで、「ハイブリッド」などと呼ばれる。

当然、純粋な人間である涼が毛嫌いされるのは、無理もないだろう。

ただし、お互いに相容れないとなれば、自分の方からとっとと出て行くのみ、と涼自身は割り切っている。自分の元いた世界を探すという大きな目的もあることだし、魔族領から出奔することにためらいなどない。

それに、どうやら先々ではそうなりそうな予兆もある。

なぜかここ数日、魔王グレイオスが涼の前に姿を見せないのだ。

別に与えられた身分が揺らぐようなことはなかったが、これは一種の凶兆だと涼は見ている。単なる勘だが、もはや後継者を必要としないような転機が、あのグレイオスに訪れたのかもしれない。不治の病とやらの治療法が見つかったとか、可能性はいくらでもある。

(ただ、仮に出て行くにしても、身軽にってわけにもいかないいかないな)

グレースと別れた後、涼は新たに荷物を抱え、自室に戻った。

途端に、広間のソファーでちょこんと座っていたアリサ王女と、それに奥から飛んで来たダフネが揃って挨拶してくれた。

「お帰りなさい、涼様！」

「お帰りなさいませ、涼様」

「ああ、ただいま。ていうか、二人とも俺のことは」

……呼び捨てで頼むと言いかけ、涼は微かに首を振って言葉を引っ込めた。

アリサは、丁寧な呼び方の方が落ち着くらしいし――。

それにダフネは最初、「貴方様の奴隷としてお仕えします」と明言した彼女を、ようやく

「使用人でどうだ？」というところまで持っていったのである。

　この上、「背中がムズムズするから、呼び捨てで頼む」と求めるのは、少し時期尚早だろう。なにしろダフネは、生まれついての奴隷身分だったのだから。

「涼様、それはっ」

　涼が手に持っている白い杖を見て、アリサが慌てて立ち上がった。弾みで、ボリュームのあるツインテールが派手に揺れた。

「そう、アリサの杖だ。捕虜になった時に、没収されたんだろ？　取り返してきた」

　駆け寄ってきたアリサに、「ほら」と純白の長い杖を渡してやる。

　握りの部分に大きな宝石のような石が固定されていて、その下に赤いリボンが結ばれている。宝石には意味があると思うが、リボンの方は多分、お洒落のためだろう。

　ゴシックドレスが板に付いた、十二歳の王女らしいとも言える。

「アリサのマジックロッド！」

　大切そうに抱き締め、アリサが吐息をつく。その横で、ダフネが嬉しそうに微笑み、そっと退出していった。

　ややあって、アリサは笑顔が消えて心配そうに涼を見上げる。

「……取り戻してくださったのは嬉しいですけど、涼様のお立場が悪くなりませんか？」

「俺のお立場は、今だっていいとは言えないさ。この世の春に見えるのは、ただの幻想だよ」

　ソファーに座った涼が平然と言ってのけると、アリサは杖を抱えたまま、そっと隣に座った。

「でも、このマジックロッドがあれば、アリサは――」

「脱走できてしまうって言うんだろ？」

涼は片手を上げて彼女を制した。

「副官のグレースって女性に聞いた。アリサ王女は攻撃魔法は苦手だが、その他の魔法は至って得意だと。マジックロッドは魔法の指向性と強度を強めるから、脱出するためには心強いアイテムになってしまうとか？　いいことじゃないか」

わざと小声で述べてウインクなどしてやったが、さすがに彼女にも涼の意図が存分に伝わったらしい。

少し……いや、だいぶ碧眼が潤んでいた。

「涼様は……そこまでアリサのために」

「助けた以上、最後まで責任は持つさ」

妙に潤んだ瞳で見つめられたことに困惑し、涼はなるべくさらりと言った。

「できれば、俺のインチキ身分がまだ有効なうちになんとかしたい」

「やっぱり涼様は、魔王の後継者なんかに興味ないんですねっ」

アリサが嬉しそうに破顔する。

不思議なのはこの子が涼を見る時、しばしば顔だけではなく全身を――言わば、俯瞰するように見つめることがある。ちょうど、今のように。

よい機会なので、尋ねてみた。

「その見つめ方、なにか理由があるのか？」

「……あ、気になったのなら、ごめんなさい。アリサのギフトなんです」

「ギフト？　ああ、誰かに教えてもらったな」

その名称には、覚えがあった。

確か、魔法以外の特殊能力を、総じてそう呼ぶそうな。ギフト持ちはそれぞれ得難い能力を持つことが多く、戦場では重用されるのだとか。

「アリサのは、攻撃用ではないので」

涼が記憶を辿るように口にすると、アリサはむしろ誇らしそうに教えてくれた。

「生き物が持つ、オーラが見えるんです。誰にでも見える魔法のオーラとは違って、その人の性格その他が色としてわかります。生命力《アラーナ》の輝き《オーラ》だとアリサは思っていますけど、真実はわかりません」

やたらと涼を眩しそうに見つめ、アリサは教えてくれた。

「こわい人、さもしい人、意地悪な人……そういう人のオーラは、アリサにはとても暗く、冷たそうに見えます。その人のオーラを見れば、どういう人かわかっちゃいます」

「むう」

疑うのではなく、涼が自分のオーラを訊くべきかどうか悩んでいると、アリサの方から教えてくれた。

「涼様のオーラは……とても澄んでいて、優しく強い輝きを放っています。アリサ、こんなに

綺麗で惹かれるオーラを見るのは、初めてです。貴方は、天使様ですか？」

じんわりと頬を染め、夢見心地の顔で言ってくれた。

(天使って……)

涼にすれば、居心地悪いのにもほどがある。他のことはともかく、この印象はだいぶ外れていると断言できる。

「それに、涼様はなにか……多分、戦うことを極めちゃった人に見えます」

「おっと！」

少し意表を衝かれ、涼はアリサを見返した。

「俺、記憶を失う前は自分が戦士だったような気がしてるんだが……当たってそうだな、そうすると」

「アリサも涼様は戦士だったと思います」

コクコクと可愛らしくアリサが頷く。

「捕らわれた時にも取り上げられなかった神器がありますが、それを使えばレベルならご覧になれますわ」

「神器!?」

涼は思わず目を見張った。

「神器というと、戦神フューリーが創造したという、百のアイテムのことだよな？　トゥルーミラーも、そのうちの一つらしいが」

「そう、そうです。そのうちの、ナンバー100「ネイキッドキング」というのがあって、知る人は少ないですが、これは唯一、安価で買えてしまう神器なんです。街の道具屋さんに行けば普通に売っているほどで、数も多いです。神器には珍しく、数多く存在するアイテムですわ」

ドレスに付けた小さなポシェットみたいな物入れ《ボルサ》から、アリサはビー玉よりやや大きいガラス玉に似た「なにか」を取り出した。

「これを手に持って『レベル表示』と声に出せば、簡単に現在の能力値が出ます！」

「おー、それは凄い！　まさにゲーム的アイテムだな」

涼は感心して唸った。あのデカブツ魔王は、なぜ最初からこれを使わないんだ？

「神器のくせにたくさんあるとは」

掌に載せた薄青い球体を転がすが、特に訝しいところは見られない……球体の中心に小さい文字で「No.100」とあるが、これが神器のナンバリングだろう。

「ネイキッドキング……裸の王様？　なんというふざけたネーミングセンス」

神器に対する感想としては不敬かもしれないが、涼の正直な感想だった。

だが、アリサが息を詰めたような表情で見守っているので、やむなくそっと球体を握りしめ、「レベル表示」と声に出してみた。

途端に、涼のすぐ眼前に透過スクリーンのごとく半透明の表示が出て、ずらずらとレベルやその他の数字が並んだ。

本当にゲームのステータス画面そのものに近い。

しかし……この数字はいくらなんでも妙じゃないだろうか。表示を見つめた涼は、盛大に眉をひそめた。

「――っ！　わあっ」

横から覗いたアリサが、子供っぽい歓声を上げげた。

「すごいすごいっ、すごいですっ、涼様！　古の英雄だって、こんなすっごいステータスじゃなかったはずですわっ」

口元に両手をあて、絵に描いたような驚き顔を見せてくれた。

「い、いやいやいやっ……これはまさかっ」

涼は顔をしかめたまましばらく各種数字を眺め、その後でアリサに球体を返した。

「ちょっと信じ難いな。レベルも高すぎだし、なにより才能値とやらが――」

「限界値を振り切ってますね！」

元気いっぱいにアリサが後を引き取る。

「ネイキッドキングが示す才能値は、戦士としての資質そのものです。やっぱり、涼様って天才なんですわ！　アリサが密かに思っていた通りっ」

桜色に染まった頬のアリサに、「おーい、帰ってこいよっ」と言いたいのを我慢し、涼は何事もなかったように咳払いした。

「こほん。まあ、一つの参考として見ておくとして。……これだけじゃ、過去に戦士だったとは言えないな」

　思わず手を振ると、それが合図だったのか、表示も消えた。

「アリサには、十分すぎる証拠に見えますけれどぉ」

　微笑ましい生き物を見つめるような微妙な目つきで、アリサが吐息をつく。

「でも、他にも証拠はあると思います！」

　不動の自信を込めて、アリサが大きく頷く。

　その大きな碧眼は、涼に見えないプラーナの輝きを見ているかのように見えた。

「だって涼様って、肌に怪我した跡とか全然ないでしょう？」

　それはむしろ、戦士じゃない証明にならないかと涼は思ったし口にも出したが、アリサは即座に首を振った。

「逆ですわ！」と断言する。

「例えばこのシャンゼリオン世界の戦士達は、戦いのために怪我することが多く、しょっちゅう魔法治癒を受けて治しています。魔法治癒は古い傷も同時に癒やしてしまいますから、長く戦いの日々を送ると、自然と傷一つない肌になっちゃうんです」

　アリサみたいにか？　と茶化しそうになったが、涼は辛うじて堪えた。この子の真っ白な肌は、文字通りの深窓のお姫様だったお陰だろう。

「でも、あくまでもそれは推測だよな？」

　涼は苦笑して両手を広げる。

「なら、昔の俺が戦士じゃなくて書物を扱う司書だったりしても、おそらくはそうそう肌に傷なんかないはず。以前、戦士だったかどうかの証明には遠そうだ」

「……さらに確かめる方法はありますけどぉ」

少女らしく、あどけない無邪気さでアリサは首を傾げた。

人差し指で唇を弄り、なにか悩んでいる風情である。

「方法があるなら、教えてくれ。以前自分がなにをしていたか知ることは、俺にとって重要なことなんだ」

珍しく涼は熱心に頼んだ。

「第一、以前いた世界のヒントになるかもしれない」

「わ、わかりましたわ……故郷を知ることって、大事ですもの」

ためらう様子なのは変わらないが、アリサは不退転の決意を示し頷いてくれた。

「では、まず上半身だけでいいですから、素肌を見せてください」

「えっ」

これも涼らしくもなく、素っ頓狂な声が出た。

それはアレか……早い話が、脱げってことか？

「あ、あのっ」

自分の要請の奇異さに気付いたのか、アリサは顔が真っ赤になった。

「リ、リストラクションという復元魔法があるんです！　それを使えば、傷が治癒する前の肌に戻せます。つまり、涼様がかつて怪我を負ったことがあるかどうか、すぐわかるんですわ」

「ああ、そういうことか」

涼は苦笑して、早速上着を脱ぎ始めた。

未だに制服姿だが、これもなんとかしなければならないだろう。

「ならば、早速頼む」


……途中、ダフネが二人の飲み物を持ってきてしまい、上半身を晒した涼を見て、驚いたように固まるという場面があったが。

ようやくみんな落ち着き、涼はアリサの前で半裸で立つ。

リストラクションとかいう復元魔法をかけてもらったが、マジックロッドを構えたアリサの姿はなかなか堂に入っていて、もっと幼い頃から魔法を学んできたのは間違いないようだ。

丁度いいので彼女から魔法を教わるか、と涼は心のノートに書き留めておいた。

かつて使えていたのなら覚えも早いだろうし、そうじゃなくても、役に立つかもしれない。

考え込んでいる間に短い詠唱が終わり、アリサがロッドを軽く振ると、一瞬だけ涼の全身が光に包まれた。

そして――

見る見るうちに肌が変化を始めた。

少年の身ながら、鍛え上げられた半身に、次々と傷跡が増えていく。これが以前負った傷の証明になるらしいが……それにしても。

「ちょっと……数が多いな」

涼は控えめに首を傾げたのみだが、向き合ったアリサと、それに隅の方で密かに見ていたダフネの表情の変化は、劇的だった。

二人揃って口元を覆い、凄惨な殺人現場を目撃したような表情で震えている。しかも、ギタギタに斬り裂かれた、惨殺死体を目撃している目で。

大げさなと思いたいところだが、涼が自分の身体を見下ろしたところ、大小の傷で肌が覆われ尽くしていて、しかも傷跡はさらに増殖しつつある。

しまいには顔面までうずき始め、眉根を寄せた涼が顔に手をやると……笑えないほど深い傷が斜めに顔を走っているのがわかった。

刀や剣による傷だろうか？　なかなか普通ではこんな深い傷跡はできまい。

「……むしろ、男っぷりが上がるかな」

深刻な衝撃を受けている様子の二人に冗談めかして言ってやると、蒼白だったアリサがようやく動いた。

慌ててロッドを構え直し、「も、戻しますっ。術の発動以前に！」と震え声で叫び、詠唱に入ってしまった。まだ傷の数は増え続けていたし、ちょっと最後にどうなるか見物だったのだが……まあ、女の子としては見たくもないものだったかもしれない。

本当は鏡を見て自分でも確認したかったのだが、見られる範囲だけで見てもぞっとするほどの傷跡塗《まみ》れだったので、女の子に無理強いもできないだろう。

そそくさと涼がシャツを着ている間に、ダフネが我に返ったように「ううっ」と声を上げ、隣室へ駆け去ってしまう。

やがて、洗面所の方で静かに吐く音がした。

涼などは「そこまでショック受けなくても」と思うのだが、アリサの蒼白な顔を眺めれば、ショックを受けたのはダフネだけではないとわかる。

茶化すのもよくない気がしたので、涼は静かに呟いた。

「どうも俺は、かつては戦士だったらしいな。しかも、さっきの華々しい大小の傷からして、自分で思うよりヘボだったか？」

「そうは思いません」

ぺたんとソファーに座り込み、アリサがため息をついた。

「涼様の戦いぶりは、アリサも見ていましたもの。ただ……どんな天才だって、初めてということはあると思います。もしかしたら涼様は、剣を取ったその日から、ご自分を省みないで戦っていたんじゃないでしょうか？」

生真面目な言葉とともに、アリサは隣に座った涼の手をそっと握った。

「その証拠に、掌や指の節が、硬くてごつごつしています……歴戦の戦士の手は、大抵こんな風になっていますわ」

「剣ダコってヤツかな」

涼もどこかでそんな話を聞いた気がした。

「俺のことだから、治す必要がある傷以外は、放置してたのかも」

――そして、放置できないような大怪我をした時のみ魔法治癒を受け、ついでにこれまでの傷も治してもらう……いかにも、自分ならそうしそうだ。

顎に手を当てて涼が考え込んでいると、身体ごとこちらに向き、アリサが涼をじっと見つめていた……どこか、危惧《きぐ》するような瞳で。

その無垢な瞳を見て、「捕虜の女の子にあまり気を遣わせるもんじゃないな」と涼は大いに反省した。自分こそ、アリサのことを心配すべき立場なのに。

「ところで、部屋に戻ったのはその杖を渡すためもあるけど、ちょっとアリサに用事もあったんだ」

「なんでしょう！」

なぜか勢い込んで尋ねる。

「まあ、歩きながら話そう……部屋を出ることになるけど、持っていくものは？」

にこやかに涼が告げると、アリサは一瞬目を丸くしたが、拒絶はしなかった。

張り詰めた顔で立ち上がり、頷く。

「アリサなら、いつでも」

「よし、じゃあ即席デートコースと行こう」

冗談めかして涼が言うと、アリサの頬がうっすらと赤くなった。

＊＊＊

黄昏時が過ぎて大峡谷が夜の闇に沈んだ頃、勇者ロザリー・ナヴァールは、選抜した手勢と共に、一瞬で大峡谷を越えていた。

ロザリーは神の祝福を得た戦士なので、浮遊《レビテーション》程度の魔法なら、簡単に使いこなせる。引き連れてきた手勢も、その大半は教団が抱える極秘任務に従事する者……すなわち、忍者達だった。

国境の大峡谷は、ヴァレンシア王国と魔族領を隔てているがそこを越えた先に、実は教団の密かな拠点がある。

魔族領の北部に広がる針葉樹の森の中にあり、しかも場所は地下なのだ。

(そこまで行けば、帝都内の屋敷に通じる、転移魔法陣が用意されているわ。帝都に忍び込むのが容易な以上、難しいのは奪還作戦の方ね)

ロザリーは森の中を案内人に従って身軽に駆けつつ、脳裏でシミュレーションした。

魔王の居城であるゴルゴダス城に、どうしても侵入する必要があるのだが……さて、不可視化の魔法を使うだけで、上手くいくかどうか。

自信などはないが、これもヴァレンシアの守護女神《王女》のためだ。

彼女が殺されでもしたら、王都の住民の士気は急激に低下してしまう。

（どうか、わたしが着くまでご無事で！）

ロザリーは密かに祈りを捧げていた。

魔族は簡単に人を殺すし、それは相手が王族だろうと変わらない。

かつて両親を殺された経験を持つロザリーにとっては、囚われの身である王女は、決して他人事とは思えなかったのだ。

――我が神よ、貴女のご加護により、アリサ様の御身を救い給え！

＊＊＊

涼とアリサは、仲の良い兄妹のようにゴルゴダス城の中を歩いている。

今いるのは城の敷地内にある本館……つまり王宮に当たる部分だが、途中階で降りて、本館と城壁を繋ぐ専用通路となる跳ね橋を渡り、城壁へと向かおうとしていた。

つまり、城の本館から離れたわけだ。

その間、涼はアリサにさりげなく質問を続け、彼女が空に浮かぶレビテーションや、不可視化の魔法が使用可能なことを、既に聞き出している。

自分達が向かっているのが城壁だとわかったせいか、アリサの口数は徐々に少なくなり、もはや何かを伺うように涼の顔を見上げていた。

やむなく、石橋の途中で立ち止まり、二人して仲良く通路から城の裏庭を眺める振りをした。

「……もうわかるかと思うが、アリサを逃がせないかと思うんだ」

「やっぱり！」

途中で察していたのか、アリサは危惧《きぐ》するような声を上げた。

「マジックロッドを返してくださる時に、脱出のことをほのめかしてくださったから、いつかは行動を開始するかもと思ってましたけど、まさか今夜のうちなんて！」

「遅くなればなるほど、タイミング的にあまりよくない気がする」

涼は橋を行き来する兵士達に聞こえないよう、囁いた。

「では、涼様もご一緒に」

「いや、俺にはまだ約束がある」

涼はきっぱりと言った。

「後継者の是非について、全く返事もしてないし、それに次元転移の術だって学ぶ必要があるしな」

「次元転移……元の世界へ帰るために？」

涼が小さく頷くと、アリサは少し考え込んだが、すぐに言い募った。

「それなら、おそらくヴァレンシア王国でも見つかると思います。シャリオン教団の神官達なら、きっと――」

「かもしれないが」

涼は懸命なアリサに、急いで口を挟んだ。

「そもそも俺は、この城に自らの意志で来たんだ。理由もないのに、逃げ出す気はないよ」

「では、アリサもご一緒します！」

「……お、おいおい」

思い詰めた碧眼を見て、涼は内心で少し慌てた。

逃げる話となれば、諸手を挙げて賛成すると思っていたのに、当て外れもいいところである。

「アリサと俺じゃ、立場が違う。アリサは無理強いされて来たんだから、逃げるべきだろう。先々だって安全だとは言えないし」

「だって……涼様がご一緒してくれませんし……」

「だから俺は」

抗議しかけたが、先にまたぽつっと言われた。

「涼様のおそばにいたいです……涼様はあの勝負をきっかけに、アリサのことをもらってくれたんじゃないのですか？」

「えぇえええええっ」

あれはおまえ、大馬鹿魔王の課したルールだろっと思ったものの、アリサの瞳の縁に涙が盛り上がっているのを見て、涼はなぜか言い返す気が失せた。

「泣くなよ、馬鹿」

人差し指の縁で、そっとアリサの涙を拭ってやる。

ハンカチがあればいいのだが、あいにく今は持ってきていない。

「俺は大丈夫だよ。立場の強いセブンウォールの一人らしいし」

頼もしそうな笑顔を広げたつもりだが、アリサは黙っていやいやをするように首を振った。

「ここにいます……涼様と一緒に」

涼は喉の奥で唸ったが、アリサは唇を引き結んだまま、頑として了承しそうになかった。

献身的で、可愛く優しい性格のくせに、芯は強いらしい。

「わかった……なら、いつか二人で脱出する時のために、城壁をちょっと見ておこう。それならいいだろ？」

妥協して涼が持ちかけると、アリサは上目遣いの瞳で見た。

「アリサだけ、逃がそうとしませんか？　逃げる時は二人で一緒に？」

「アリサの気が変わらないなら、俺は無理強いはしないよ。約束する」

頬に手を触れ、優しく言い聞かせた。

一瞬だったが、アリサが驚いたように涼を見上げ、それから嬉しそうに目を細めた。気まぐれで触れてしまったことが少し気になったが、涼は何事もなかったように続けた。

「今はあくまで、偵察」

「それなら、はい……」

ようやく、アリサも頷いてくれた。

そこで二人して跳ね橋を渡り切り、城壁通路へと出て行こうとしたのだが……あいにく、素通りというわけにはいかなかった。

橋と城壁が接する部分には見張りの兵士が二人いて、涼達が近付いた途端、長槍をさっと十字に交差させて止めた。

両者共に、顔中が剛毛で覆われているので、いわゆる獣人タイプの魔族らしい。

「待て！　どこの所属――」

大柄な方が厳しく言いかけ、涼を見て息を呑む。

「おまえ……いや、貴方……は」

例の謁見での試合を見ていたらしく、二人揃って慌てて敬礼してくれた。

「そう、ゲザリングの後釜さ。となれば、俺の今の立場はわかってくれるだろ？」

なるべく偉そうに聞こえないよう、涼は愛想よく尋ねる。

別に喧嘩しに来たわけじゃないのだ。

「はあ……しかし、どちらへおいでで」

小柄な方は涼とアリサを見比べて、既に長槍を下ろしていたが、デカい方はなかなか用心深かった。

「失礼ながら、ここから先は警戒区域なのですが」

涼は冷静に説明した。

「俺は指揮官の一人として、待機中の今のうちに、城内各所を見て回った方がいいと思ったのさ。この子を連れていくのは、見張り兼、囮だ。もし王女の救出部隊が近付いているなら、この子を見た途端に反応があるだろうからな」

後半はとっさに出た言い訳であり、涼に深い考えがあったわけではない。

もし本当に、今この瞬間にその「救出部隊」が接近していると知っていれば、むしろそちらと協調することを考えただろう。

「なるほど……用心深いことですな」

納得してくれたのか、それとも涼の地位に遠慮したのか、再度敬礼してから、兵士は身を引いてくれた。

「なにかあれば、お呼びください」

「ありがとう。任務ご苦労様」

涼とアリサはそのまま城壁上の通路を歩き出した。

夜半とはいえ、さすが戦時の城である。並んで歩いていると警戒中の兵士達に何度か出会ってしまったが、涼があまりに落ち着き払って「早く慣れるために見て回ってる」と重々しく答えると、例外なく無理に引き留めようとはしなかった。

セブンウォールの地位は、涼の予想以上に重いらしい。

ただ……しばらく城壁上を歩き、城の北側――つまり、国境の大峡谷の方角に差しかかった時、涼は不意に足を止めた。

城壁の北側は、一種の城塞都市でもあるこの帝都の、境界に近い方角でもある。

後は非番の兵士などが詰める兵舎が前方にあり、その向こうは防壁が帝都を囲んでいる。

「どうしました？」

「うん……ちょっと……気配を感じるんだ」

言いかけ、涼はふと思いつき、アリサに持ちかけた。

丁度、ここは城壁の凹凸部分……つまり、敵兵に矢を射るための狭間に当たるので、少し離れた兵舎がよく見える。

涼は夜目が非常に利くので、なおさらである。

「抱いてあげるから、アリサも見るかい？」

「お願いします！」

ためらいの欠片もない元気な返事であり、すぐに両腕を差し伸べてきた。

よほど涼を信頼していなければ、こうはいかないだろう。

涼は彼女をそっと腕に抱き上げ、狭間から外が見えるようにしてやった。

「向こうに、兵舎らしき長方形の建物があるだろ？　平らな屋上部分を見るといい。一見、無人に見えるけど、あそこに……何名かいる」

「……本当です！　魔力を感じます。おそらく、不可視化の魔法で――」

そこまで言いかけ、アリサは大きく息を吸い込み、身をよじって涼を見上げた。

「まさか、アリサを助けに!?」

「その可能性は大きいな」

涼は冷静に頷く。

言うまでもなく、アリサを抱き上げて兵舎の屋上から見えるようにしたのは、彼女の味方なら、それで気付くだろうと思ったからだ。

いかにアリサが逃げることを忌避《きひ》したとはいえ、救出部隊が来たのなら、彼女の気が変わる可能性もあるだろう。

＊＊＊

一方、涼が睨んだ通り、兵舎の屋上には既に勇者ロザリー・ナヴァール率いる、救出部隊が侵入を果たしていた。

兵舎の屋上とゴルゴダス城の城壁は、高低差もさほどないし、城壁に最も近い位置でもある。そこで、一旦この兵舎に侵入し、この屋上からレビテーションで城へと渡るつもりだったのだ。

手間を省いて一気に城壁へ舞い上がらなかったのは、万一、城の敵兵に見つかった場合、城壁直下だと反撃が難しいからである。

それに、魔族領であれば、ロザリー達以上に魔法を使える者もいるだろう。

「そのための警戒だったけど……まさか、こんな簡単に王女様が見つかるなんて！」

さすがのロザリーも、よもやこのチャンスが、こちらの気配を察知した異世界人の少年が、あえて気を利かせたお陰だとは思わない。

余計なおまけで警備兵らしき男がついているが、彼さえ倒せば、奪還は可能のはず。

不可視化の魔法を継続したまま、早速にして弓を構えたロザリーに、配下の忍者が頷く。

「まさに、女神シャリオンのお導きでございましょう。ロザリー殿、殿下を捕まえている不埒者を射殺した後は、どうかレビテーションで我らを城壁へお願い致しますっ」

頭領が小声で要請すると、得たりとばかりに他の忍者も頷いた。

「なにより、急がないと危険です！　あの警備兵、殿下を持ち上げていますぞ。あるいは、城壁から落とすつもりでは!?」

「いえ、待って！　なにかおかしいわっ」

最初は自分も同感だったが、ロザリーは鋭く声を張り上げた。

矢をつがえた弓で唯一の警備兵を狙ったまま、じっと王女の方を見つめる。

「様子が変なのよっ。王女様を抱き上げている男はその姿勢のまま動かないし、王女様も決して、嫌々抱かれているご様子じゃない。二人して、じっとこちらを見ているわ。どうも、わたし達が見えているようよ！」

視力に優れる上に、ロザリーは付与魔法のナイトビジョンで闇を見通している。王女達も同じくその魔法を使っているのか、視線が真っ直ぐこちらを向いていた。

ロザリー達には不可視化の魔法もかかっているはずなのに、影響を受けていないようだ。

「もしかして、彼は協力者かしら……」

「そんな話は聞いていませんが」

総勢五名の忍者達は、もどかしそうに互いに見つめ合う。

彼らは凄腕だし、魔法に頼らずとも闇を見通す視力も持つ。いいから、早く邪魔な男を射殺《いころ》せと思っているのだろう。

「内通者がいるなら、その旨、我らにも知らされているはずです。聞いていないとなれば、やはりあの男は単なる警備兵でしょう。ロザリー殿、どうかご決断を！　射殺すのが難しいようでしたら、我らをあの城壁までお運びくださいっ」

「この程度の距離で外さないわよ、失礼ねっ」

思わずむっとして言い返したロザリーは、次に城壁に目を戻した時、息を呑んだ。

「な、なんのつもりかしら……」

「殿下が、城壁にっ」

忍者の頭領も呻き声を上げる。

彼らが救出するはずのアリサ王女は、男の腕から離れて自ら城壁の狭間に立ち、こちらを見下ろして両手を広げているのだ。

その意図は明らかであり、弓を構えたロザリーを見て、背後を庇っているらしい。

「どういうこと……？　あの少年は敵兵じゃないの？」

「ええい、この上は二人揃って連行しましょうっ。ロザリー殿、早く我らを――」

言いかけたその刹那、彼らの足元で怒声と階段を駆け上がる音が連続した。

『侵入者はこの上だ!!』

かなり近くから、叫び声がした。

「気付かれたかっ」

口惜しそうな声音で頭領が吐き捨てた途端、小さな屋根のついた階段口から、敵兵が大勢上がってきた。

＊＊＊

涼としては、抱き上げたアリサを謎の連中に見せれば、王女救出部隊なら必ず反応があるはず――と思ったのだが、なぜか途中でアリサが小さく呪文《ルーン》を呟いたかと思うと、微かな声を洩らした。

そして次の瞬間、身をよじって涼の腕から抜け出して自ら城壁の狭間に立ち、大きく両手を広げた。あたかも、背後の涼を庇うように。

「だめっ、涼様を攻撃しないでっ」

「どういうことだ、アリサ！」

前を塞いだアリサの脇から、涼は問題の屋上を見やる。

実のところ、濃密な気配を感じるので、完全には見えなくても、それぞれの現在地くらいならわかるのだ。

「こちらへ弓矢を向けてるのかい？」

「……あっ」

返事の代わりに、アリサがまた声を洩らした。

同時に、兵舎の屋上へ武装した兵士達が上がってくるのが、隙間から見ている涼の目にも映った。

「アリサ、下りて！」

相手の返事を待たず、涼はアリサをそっと狭間から下ろす。

見る限りでは、別に不可視化の魔法が破られたわけではなく、兵士達は殺気立った様子で右往左往している。

そのうちこちらを見上げようとしたので、涼はアリサと共に急いで城壁の陰に隠れた。

口元に人差し指を当て、アリサに声を上げないように伝える。

コクコク頷くアリサに安堵し、涼はしばらくじっと身を潜めた。やがて、兵士達のざわめきが不満そうな声音に変わったところで、また狭間からそっと覗いてみた。

「後から来た兵士達は、得るところなく撤収してる。連中は無事に逃げたようだ」

「あの人……ロザリーさんといって、勇者さんです」

アリサが囁き声で教えてくれた。

「なにっ」

さすがの涼も、これにはたまげた。

まさか、ゲーム世界でポピュラーな存在が、この世界にもいるとは!?

「勇者って……魔王を倒すための？」

「より正確に言いますと、災いから人間を救うための、約束された救世主で――」

「アリサ、後で」

涼はとっさにアリサを制止した。

「涼様……えっ」

訊き返そうとしたアリサも、涼に倣って慌てて口を噤《つぐ》んだ。

いつの間にか、コルセット装備の壮麗なゴシックドレスを纏った少女が、ゆっくりと城壁通路に舞い降りるところだった。

見知らぬ他人ではなく、明らかに見覚えがある。

ただし、前に見たそのままではないところが、問題だが。じっと見つめていた涼は、首を傾げて考え込んだ後、「……十六歳程度に成長したユリアに見えるな」と呟いた。

「……正解よ」

切れ長の瞳をした大人びた少女が、つまらなそうに頷いた。

「どう答えるかと楽しみにしていたのだけど、おまえは鋭すぎてつまらないわね」

「日々を真面目に暮らしてるお陰だ」

涼は真面目腐って頷く。

「だけど、アリサはぶったまげている」

事実、意表を衝かれたアリサは、〝あの〟ユリアが一気に成長したような姿を見て、口元に手を当てて驚いていた。

「いえ……う、噂では聞いたことがありました……けど」

言いかけたが、ユリアはアリサなど眼中にないのかそちらを見もせず、ただ涼を見たまま目を細めた。

「それで、ここで何をしていたの？」

「直球だな」

涼は顔をしかめたが、少し考えて嘘は言わないことにした。

ユリアが相手なら、そうする方が正解のような気がしたのだ。

「既にアリサに反対されたが、俺の手で彼女を逃がせないかと思って、ぶらぶら見てた」

「……そう」

予想通り、別にユリアは柳眉《りゅうび》を逆立てたりはしなかった。

探るような目つきで見つめたものの、うるさく尋ねたりもしない。

「まあ、景品としてもらい受けたのだから、好きにするといいわ。ユリア以外の誰かに同じことを白状するのは、勧めないけれど」

「俺だって、そこまで空気読めなくはないさ」

涼は微笑して述べた後、改めて尋ねた。

「それで、どうしてそんな姿に？　しこたま牛乳飲んだくらいじゃ、追いつかないだろうに」

ユリアは「何を言ってるのかしらね、この男は？」という表情で薄赤い目を瞬いたが、意外にもちゃんと教えてくれた。

「ユリアが持つ変化の術よ。肉体年齢を加速させて、自分の好きな年齢になることができるの。夜の散歩や戦闘の時は、大抵この十六歳の姿ね」

「なるほど」

主に胸元の魅惑の谷間に目をやり、涼は頷いた。

十六歳バージョン大歓迎！　という気分だが、賢明にも口に出すのは控えた。

……というより、向こうが先に爆弾を落としてくれた。

「時に涼、たまたま出会ったから教えてあげるけど、おまえは近々、戦に駆り出されるわよ」

「ええっ!?」

驚きの声を上げたのは涼ではなく、涼の腕にかじりついていたアリサである。

ユリアがじろっと睨んでも物怖じせず、今回は逆に睨み返している。

「おほん。……えー、俺は初耳なんだが？」

緊張状態を和らげるべく、涼はあえてすっトボけた声を出す。

「魔王は、特に事前通達なんかしないから、それは不思議じゃない。遠征に出る時はいつも、将軍格の人選が終わった時点で、城の一階ホールに命令を貼り出すのよ。驚くべきことに、ユリアの名前もあったわ」

「どうして驚く？」

「鋭いおまえも察している通り、ユリアは疎んじられているの……だから、いつもならユリアなんか呼ばれない。特に、勇者が攻め寄せる噂がある、この時期の戦にはね。魔王は戦勝の手柄を横取りされると思っているから」

自嘲気味に……あるいは、魔王グレイオスを嘲笑《あざわら》うように平然と述べた後、ユリアは悪戯っぽい目で涼を見た。

「そう言えば、先程兵舎の屋上に来てたのは、その勇者じゃないかしらね？」

「……あんたにはバレてると思ってたよ」

アリサがぎゅっと掴んだ腕に力を入れてきたが、涼は気付かぬ振りをして答えた。

それに最初は、謎の相手が勇者だとは知らなかったのだ。

「で、あんたは追跡しなくていいのか？　話題の勇者とやらは、もう撤退したらしいが」

「そっちは魔王の仕事でしょう……疎まれているユリアの知ったことではないわね」

この上なくきっぱりと、ユリアは言ってのけた。

半分反逆のようなものではないかと涼は思うが、自分も人に言えた義理ではないだろう。

(ただ、あいつはどう思うかな？)

涼は、魔王がいるはずの最上階を、じっと仰ぎ見た。

＊＊＊

「魔王陛下におかれましては、我ら降魔教団の願いをお聞き届けて下さり、感謝致しまする」

ゴルゴダス城の最上階である魔王の私室で、一人の男が頭を下げた。

陰気な漆黒のマントを羽織った三名のうちの一人であり、グレイオスには「降魔教団の司祭の一人でございます」と名乗っていた。

どうせ偽名だろうが、名はジェイというそうな。灰色の髪をした、目つきの鋭い切れ者風の男である。他の二人は一言も話さずに彼の後ろについたままなので、グレイオスにとってはいないも同然だった。

窓ガラスに映る三名を観察するのを中止し、グレイオスはようやく三人を振り返った。通された彼らが歩み寄るまで、一切反応しなかったのである。

ただし、いざ話し出すと、グレイオスはいつになく愛想がよかった。

なにしろ、待ち望んでいた相手である。

「なに、今回はおまえ達の教団と予の思惑が一致したまでよ。おまえ達に未来の出来事を知る手段があるように、予にもこの、トゥルーミラーがある」

今はカバーをかけてある魔法の神器に、グレイオスは一瞬だけ目をやった。

案の定、三名の客人も、感慨深そうにそちらを見ていた。単なる興味以上の視線に見えたのは、なにもグレイオスの勘違いではあるまい。

「さすれば、魔王陛下は今後起こる事もご存じで？」

さりげなくジェイが尋ねたが、グレイオスはあえてごまかしておいた。

「まあ、自分に関係あることには興味を持っているぞ」

本当は、持ち主に関係あること〝のみ〟しか教えないケチくさい鏡なのだが、なにもそこまで教えてやる義理はない。

「だがいずれにせよ、今のところ、予はお主達の教団と事を構える気はない。お主達が予にとって有用な秘術を提供してくれるということもあるが……以前から手出ししなかったことを見ても、予の好意はわかってもらえるはずだ」

これも、本当は「ロクに名も知られていないような、弱小宗教団体に構っている場合ではないわ！」というのがグレイオスの本音だったが、せいぜい恩着せがましく告げてやる。

効果があったかどうか不明だが、ジェイを含めた三人が一層、頭を垂れたのは事実である。

「お心遣い、痛みいります。元より、我らは人間世界より魔族世界に心を寄せております。あらかじめ使者を立てて予告致しました通り、これは我らの友情の証とお思いくだされ」

ジェイはもったいぶった動作でマントの懐から丸めた手紙を取り出し、グレイオスに渡した。

古くさい羊皮紙であり、封蝋までされてあった。

すぐに開けたい気持ちを抑え、グレイオスはわざとのんびりした口調で尋ねる。

「……この場で見ても構わぬか？」

「もちろんでございます」

ジェイがまた低頭するのを見もせず、グレイオスは封蝋を剥がして書面を広げた。

そこに書かれた文字を手早く読み、大きく息を吸い込む。

「たった、これだけでよいのか？」

「書かれてある通りでございます。問題となるのは、犠牲者のレベルと人数のみ。仮に相手が死体であろうと、死後一時間以内に儀式を行うのであれば、問題はありませぬ」

「ほう、それはやりやすい！」

グレイオスは嬉しそうに舌なめずりした。

「レベルは、ネイキッドキングで測定した数値で問題ないな？」

「あれも神器の一つですので、もちろんのこと」

即答したジェイに対し、グレイオスは初めて巨眼を満足そうに細めた。

「ならば、人数もぴったり揃う。もちろん、すぐにとはいかんが……そのための大戦《おおいくさ》よ。もちろんその戦の方も、お主達が予測した通りになるのだろうな？」

「間違いなく」

ジェイはしっかりと保証してくれた。

「我ら降魔教団一同、全てが上手く運び、魔王陛下が長寿を得ることを願っております」

「ふん……一番強く願っているのは予だがな」

皮肉で応じるグレイオスに追従笑いなどを見せた後、ジェイはふいに居住まいを正した。

「ところで、いささかくどうございますが、コトが上手く運んだ後はぜひ――」

窺うような目つきで頭を下げる。

「ああ、わかっておる、わかっておる。昨日来た使者とやらからも、先に聞いている」

グレイオスは顔をしかめて手を振った。

「望むモノは確かに与えよう。しかし……本当にあり得るのか？　聖刀ブレイブハートを、あの男が入手するなど？　お主達の意見を容れてあやつを遠征に加えはしたが、あの刀は元々、シャリオン教団が管理する神器の一つだぞ」

「いえ、既にブレイブハートは勇者ロザリーの手にありますし、さほど間を置かず、今度はあの男の手に渡るでありましょう……前にお話しした通り、我が教団には未来を視る巫女がいまして」

多くは語らず、後は恭《うやうや》しく一礼し、ジェイは表情を眩ました。

お陰で、下を向いた顔が嘲笑を浮かべていることを、グレイオスはついに知らず仕舞いだったのである。

# 第三章　勇者との激突

ユリアと別れてから、涼はその足で城の一階ホールへと向かい、壁に貼られた張り紙とやらを見た。

確かに、五日後が出陣の日とされていて、魔王グレイオス以下、ユリアと涼、それに他数名のセブンウォールの名前が書いてあるらしい。

らしいというのは、他のセブンウォールなど、涼はまだユリアしか知らないからだ。

初日に謁見の間で顔くらいは見ているが、なにしろユリアのインパクトが圧倒的で、他のセブンウォール達を覚えるどころではなかった。

ちなみに貼られた紙には、遠征に参加するメンバーだけではなく、その動員すべき兵力も書き添えられていて、涼の場合は「兵力一万」とあった。

セブンウォールはそれぞれ私兵を持つし、魔族世界の貴族をも兼ねているらしいので、動員すべき兵力を指示されるのは、まあ当然かもしれない。

「それにしても、俺を含めた五人のセブンウォールと、魔王自身の兵力を総合すると」

「……総勢、六万五千の大軍ですっ」

涼の呟きをアリサが引き取り、マジックロッドを胸に抱き締める。

「大規模な戦になりそうです……」

涼からすれば慰めようもないが、他にも個人的に気になったことがある。

セブンウォールトップのユリアの名前は確かにあるが、出すべき兵力が五千とされているのだ。他のセブンウォールはおおむね一万ずつなので、明らかに彼女だけ少ない。

グレイオスの意趣返しかもしれないが……どうも嫌な予感がする。

「……きな臭いな」

「涼様？」

「いや、なんでもないよ、アリサ。部屋に戻ろう」

ホールを行き来する魔族兵が、ちらちらとこちらを観ていくので、涼はそっとアリサを促した。自分はともかく、この子に目をつけて欲しくない。

アリサを連れて部屋に戻る前に、涼は階段の途中で、一人の少年に見える男と出会った。

マントを着用し、クラバットまで着けた紳士風の少年で、アリサ同様、金髪碧眼である。初日に顔を見た覚えがあるので、あの謁見の間にいた他のセブンウォールの一人のようだ。

「これはこれは」

彼はわざわざ立ち止まり、涼に向かって軽く会釈した。

礼儀正しいが、冷ややかな眼差しで涼を見ている。

「陛下の後継者の涼殿ですね。僕はベルクラムと申します……以後、お見知りおきを」

貴公子然とした挨拶だったが、どこか見えない壁を感じさせる少年だった……いや、本当の年齢は不明だが。

「わざわざどうも。謁見の間で見かけたよ……セブンウォールの一人だよな？」

「ええ……お陰様をもちまして、第二軍から第三軍の指揮官となりました」

つまり、新たに第二軍の将となった涼のせいだと言いたいらしい。

もしかしなくても、イヤミだろうか？　これは一つ、ガツンと言い返すべきか？　と涼は眉根を寄せたが、あいにく敵は素早かった。

「もうすぐ戦です、後継者にふさわしい戦果を期待しておりますよ」

ベルクラムが素っ気ない声でそう洩らした後には、涼は既に彼の背中を見送っていた。

「うむ！　実に社交的なヤツだな」

次に会ったら尻を蹴飛ばしてくれるぞ、ちくしょうっというセリフの後半部分は、あえて喉奥に押し戻す。王女様がそばにいるのに、あまり汚い言葉遣いはよくない。

「あの方は、魔族戦士の中では、珍しく高潔な戦士だと言われているんです」

渋面で再び階段を上りだした涼に、アリサがそっと教えてくれた。

「ただ、孤高を保つことがお好きなようで、魔族内でも異端と見られているとか」

「……詳しいけど、もしかしてファンかな？」

綺麗な金髪と美形だがプライド高そうな表情を思い出し、涼はからかうように尋ねた。

しかしアリサはゆっくりと首を振る。

「いいえ、捕虜になる前に、城内の噂でそう聞いただけです。アリサは涼様のファンですよ」

「……むっ」

なかなかエッジの利いた冗談だなと思ったものの、涼の視線に対し、アリサは至って真面目な顔で見つめ返しただけだった。どうも、本気らしい。

ただし、その綺麗な碧眼一杯に危惧《きぐ》を浮かべている。

「故郷のヴァレンシア王国については、勇者ロザリーさんと神聖騎士団がいますし、そう心配していません。アリサはむしろ、涼様の方が心配ですわ」

「――俺かっ!?」

あまりに意外だったので、一瞬、涼の足が止まったほどだ。

「だって涼様の場合、魔族軍内にも敵がいそうな気がして……」

「ああ、なるほど」

一応納得して、涼は頷く。

「逆に俺としては、留守番に残るアリサの方が心配なんだが。それならせっかくだから、アリサの危惧《きぐ》を払拭しておこうかな」

部屋の前まで戻った涼は笑って告げた。

見せびらかす気はなかったものの、留守の間、アリサ達に気を揉ませるのも悪いだろう。

部屋に入ってから、涼はあえて身の回りの世話をしてくれるダフネも呼び、二人の女の子を前に、のんびりとソファーに座った。

「悪いが、ちょっと立ったままでいてほしい」

興味津々の顔で見上げるアリサはともかく、真新しいメイド服を着たダフネは、自分の銀髪の房を手にしてしきりに弄り、ひどく心配そうな様子だった。

「あの……涼様。私、なにかいけないことをしたでしょうか？」

「は、なんで？」

涼はおろか、アリサまで不思議そうな顔で見ると、ダフネは俯いて言った。

「……解雇されるのかと」

「しないって！　だいたいダフネを解雇したら、俺達、今晩からメシに困るじゃないか」

慰めるつもりで涼がそう言ってやると、アリサも何度も頷いた。

「それにダフネさん、アリサにお料理を教えてくださる約束ですわ」

「いえそれは……覚えてます。でも……よかった」

ダフネは大仰な仕草でため息をついた。ほっとしているらしい。

「ダフネこそ、俺に対して不満があれば、どかどか苦情くれていいんだが？」

かなり本気で持ちかけたのに、ダフネはじっと見つめた後、掠れ声で述べた。

「涼様は、最高のご主人様です」

完全に本気らしい。

「……とにかく、ご主人様はやめよう」

そう言い聞かせてから、涼は改めて二人を見上げた。

「さて、もうすぐ俺は戦に駆り出されてしばらく留守にするが」

「えっ」

「ああ、ダフネは初耳だったな」

ダフネが目を見張ったので、涼は改めて出陣の話を聞かせてあげた。

「――というわけで、俺は魔王グレイオスに従って出陣することになっているが。よそ者かつ、魔族達が嫌う人間というわけで、軍内部にも敵がいるんじゃないかと、アリサが心配してくれているんだ」

ダフネにもわかるように涼が説明してやると、当の彼女は大きく頷いた。

「私も心配です……とてもとても」

「ダフネもか！　ならなおさら、俺の奥の手を見せておこうかな……少なくとも、魔法が使えなくても、そうそう簡単に殺られはしないって証明に」

説明した次の瞬間、涼はそっと心の奥で〝鍵を外した〟。

いつもは封印している力を解放する時、涼は密かにこう呼んでいるのだが、長らく使っていなかった割には、発動は実に速やかだった。

「きゃっ」

「まあ！」

立ったままゆっくりと宙に浮かんだアリサとダフネは、期せずして、二人同時に声を上げる。

涼が微笑して頷いたので、怖がることはなかったが、しばらくその場で浮いたまま、不思議そうに自分の身体をあちこち確かめていた。

これも、二人同時である。

「どこにも支えはないさ……俺の見えない力で浮いてるんだから」

「すごいすごいっ、呪文の詠唱がない魔法なんて、聞いたことないです！　どうして今まで、隠していらしたんですかっ。みんなびっくりしたでしょうにっ」

「そりゃ、切り札はあまり見せびらかすものじゃないと思ってるから、かな。どうせなら、俺を殺したくてうずうずしてる連中には、俺のことを『減らず口だけ達者な、見かけ倒し男』だと心底信じていてほしいね。いざという時、相手の驚く顔を見て、笑える楽しみもあるし」

涼は意識して人の悪い笑みを広げたが、マジックロッドごと両手を合わせたアリサは、むしろ導師を見るような目つきで涼を見た……ふよふよと浮いたままで。

「涼様は、さすがですわ！」

どういうわけか、余計に感心されてしまったらしい。

「では、黙っていますから、アリサに教えてくださいまし！　この力はどういう仕組みなんですかっ。やはり、万能のマナが力の源でしょうか!?　でも、発動の詠唱がありませんでしたっ。アリサにも、同じ術が覚えられますかっ」

今にも教えを請いそうな勢いで畳みかける。

ダフネはかなり戸惑っていたが、アリサは宙に浮いていることに怯える様子は全くなかった。さすがは魔法使いである。

「俺は勝手に、この力は俺がここへ来る前にいた世界の、『気』と呼ばれるものに近いと思ってるけど、実は正確な力の正体についてはわからないな」

涼は正直に述べた。

「俺自身は、世界中にくまなく存在する大きなエネルギーの流れをいつも感じていて、そのエネルギーを変化させて使っているだけだ。乾いた薪に火を点ければ、やがて大きく燃え盛るだろ？　それと似ていると思う。俺にとっちゃ、薪どころじゃない膨大なエネルギーを、今も周囲からちゃんと感じる。ただそのエネルギーを、いつでも流用できるってだけ」

その不可視の力でそっと床に下ろしてあげつつ、教えてやったのだが……あいにく、二人揃ってわかったようなわからないような表情を見せてくれた。

「前にいた世界だと、ＰＫ《サイコキネシス》という、特殊能力のギフトじみた力があると一部で主張されていて、昔は金属のスプーンをその力で曲げて見せたりする能力者もいたらしい。だから、わからなきゃそのＰＫだと思っててくれてもいいよ。多分、大きくは間違ってないはずだから」

ただし、涼はこの不思議な力で、自らの身体能力を爆発的に向上させ、一定時間、超スピードで動き回ることも可能である。ＰＫと呼ばれる超能力に、そんなことが可能とは思えないので、やはり「気」の方が近いのかもしれない。

「それでは涼様は、その気になればそのお力——ＰＫで、不可能はないのでしょうか！」

神を仰ぎ見るような目つきで涼を見つめ、ダフネが尋ねる。

珍しく、銀の瞳がきらきら光っていた。

「いや、まさか。仮に俺のそばに湖があっても、桶一つじゃ大した量の水はくみ上げられないのと同じさ。そこは、力を行使する者のキャパシティが問題となる。その点じゃ、魔法と同じじゃないかな？」

最後はアリサを見て尋ねたのだが、彼女は涼にコクコクと頷いた。

「仰る通りですわ。万能なるマナは目に見えずとも、この世界に無限に存在しますけど、そのマナを使って魔法を行使するには、マナを取り込む魔法使い《ルーンマスター》の能力――つまり、キャパシティが重要です」

「そうだろうと思った……そこで、前から思ってたことがあるんだが」

涼は自らも立ち上がって、アリサに頼み込んだ。

「……俺にも、魔法を教えてくれないか。ＰＫは俺の切り札だが、出陣までには間があるし、今のうちに覚えられるだけは覚えたい」

「そ、それは喜んでお教えしますが……」

アリサは目を丸くして涼を見上げた。

「でも、間があるとはいえ、出陣までは数日――実際には、あと五日しかないですよ」

「確かに、十分とは言えないな」

涼も、そこは認める他ない。

「でもまあ、記憶を失う前の俺が、魔法を使えた可能性はあるだろ？　となれば、正味五日間……正確には四日と数時間でも、なにがしかの進展はあるかもしれない」

涼は微笑して答えた。

＊＊＊

王女救出作戦は失敗したものの、勇者ロザリーと忍者達は、辛くも追っ手を振り切ることができた。

帝都内に転移魔法陣を備えた屋敷があるので、ゴルゴダス城内で追っ手を振り切った後はまずそこへ逃げ込み、そこから転移してさらに大峡谷近くの森へ——そして森の中の地下施設から、安全圏である国境の外へ逃れることができた。

これも全て、魔法陣から魔法陣への転移を可能にする、転移魔法のお陰である。

ただし、救出作戦は散々だったし、さらに言えば、最後までしぶとく追ってきた魔族の追っ手達が、帝都内にある内通者達の屋敷を突き止めた可能性もある。

もしロザリーのその危惧《きぐ》が当たっていれば、もちろんあの屋敷内の転移魔法陣は、今後使用不可能となるだろう。いや、罠にかかるのを避けるためにも、もう使えないものだと覚悟するべきだろう。

そもそも、ゴルゴダス城から脱出した直後から、帝都内は厳戒態勢となり、そこかしこを魔族兵士が歩き回っていたため、救出作戦の再度の実行など当分は不可能となってしまった。

王女奪還の望みは、完全に潰《つい》えたのである……ロザリーのせいで。

大峡谷付近で滞陣するヴァレンシア王国軍の陣地で、ロザリーは一人で鬱屈《うっくつ》していた。

別に救出に失敗したからといって兵士達の信頼が崩れたわけでもなく、「むしろ、よくぞ魔族領までわずかな味方で救出に行かれたものだ。さすがはっ」などと騎士隊長達には褒められたほどである。

しかし、これまで失敗らしい失敗をせずに軍功を積み上げてきたロザリーには、その気遣いはむしろずしんと心に響いた。

せっかく教皇から神器ブレイブハートまで拝領したのに、その聖刀を抜く機会もなく、尻尾を巻いて逃げることになろうとはっ。

あるいは、あの兵舎の屋上に立った時点で、余計なことを考えずに配下達の希望通り、城壁に舞い上がってあの少年を倒した方が良かったのかもしれない……そんな思いすら浮かんできたほどだ。

魔法の「サイレントボイス」があるので、任務失敗のあらましは、即座に王宮とシャリオン教団の両方へ連絡済みである。

よって、軽くて教皇の叱責、重ければ王都アルメニアへ呼び戻されることを、ロザリーは既に覚悟していた。

しかし蓋を開けてみれば、同じくサイレントボイスで戻ってきたシャリオン教団と教皇からの返信は、驚くほど好意的なものだった。

むしろ作戦を失敗したにしては、断然、柔らかい返信と言えるだろう。

教団を代表する教皇メルベスなどは、『元々が不可能に近い作戦だったのですから、王女殿下のおそばにまで近付けたというのは、ロザリー殿の有能さを示しています』などと、叱責どころか普通に褒めてくれたほどだ。

もちろん、ヴァレンシア王家側はさすがにそこまで甘い見解ではなく、短く『勇者ロザリー殿のご尽力に感謝する』とのみ送ってきた。

王宮魔法使いが送って寄越したこの短い言葉にこそ、彼らの無念さが籠もっていると言えるかもしれない。

ただ、いずれにせよ今のロザリーには、立ち止まることを許されない事情がある。

というのも、国土を回復して間もないというのに、ヴァレンシア王国とシャリオン教団の方針が見事に一致して、「今度こそ、長きに渡った魔族との戦いに決着をつけるべし！」となったからだ。

この大規模攻勢が決定された根本原因としては、アリサ王女奪還作戦が失敗したことが大きいだろう。お陰で、かえって王国側の決心がついたらしい。

すなわち、「魔族の残虐性からして、いずれ王女の命は失われる……それも、おそらくは最悪の形で。ならば、勝利が続く今こそ、一気に魔族達を殲滅するのみ！」というのが、王国を代表するヴァレンシア王家の主張なのだ。

そして、なんと今回は正式に「勇者ロザリー・ナヴァールと神聖騎士団が全軍の指揮を執るべし！」と決まった。

ロザリーが勇者として覚醒して以後、実質的にもう王国軍の指揮官だったも同然なのだが、これで名実共に教団と王国の双方が、「勇者ロザリーこそ軍部のトップ」と認めたに等しい。

……王女奪還作戦が失敗した直後、ロザリーに汚名返上の最大のチャンスがやってきたわけである。もちろん、この最大のチャンスをもらった理由は、教団側が用意してくれた神器によるものだとしても。

幸い、軍勢の全ては国境の大峡谷付近に滞陣したままである。今すぐにでも、戦う準備はできているのだ。

教団からの指令を受けた直後、ロザリーは即座に全軍にこう命令した。

「ただちに大峡谷を渡り、魔族領へ再侵攻を開始せよ！」と。

＊＊＊

アリサが所持していたネイキッドキングでレベル測定を受けた涼だが、不思議なことに、その翌日には魔王グレイオスその人が涼を呼び出し、今度は彼が所持するネイキッドキングで、同じくレベル測定を受けさせられてしまった。

「今更、なんでだ？　初対面の時はそんな神器に頼らなかったのに。おい、聞いてるか？」

虚空に表示される涼のステータスを見て唖然としていた魔王は、再度の呼びかけにようやく応じ、金色の目を瞬いた。

「いや、予は実地で試す方が益があると思う方でな」

「じゃあなんで今、考えが変わったんだ？」

重ねて尋ねたのに、魔王の反応は鈍かった。

眉間に縦皺を寄せ、まだステータスを見ていた魔王は、「まあ……ある意味ではよいことなのだがな」と上の空で答えたのみである。

なんの話かさっぱりわからなかったが……どうも涼には、これがよい兆候だとは思えなかった。だいたい、ネイキッドキングに頼らなかった男が、急にその神器で測定を求めるなど、怪しいにもほどがある。

その時はただ測定されただけで魔王の私室から追い出されたが……涼は自分の持ち時間が着実に減っている実感を抱いた。おそらく、勘違いではあるまい。


そんなこともあったが——出陣までの間に涼が最も力を入れていたのは、実はアリサから魔法を教わることであり、そちらの方はまあまあの成果を上げたと言える。

逆にアリサは涼の上達ぶりに驚いていたようだが、記憶を失う前に魔法を使っていたと推測すれば、そう驚くほどのことではあるまい。

その他にも、この戦の正当性を探るつもりで、魔族と人間の戦いの歴史をざっと調べてみたが、実際に一番先に手を出したのは人間側だということもわかった。

かつて、人間と魔族の居住区域は大峡谷を境に明確に分かれていたのに、およそ百年前、魔族達の繁栄ぶりに恐れを抱いた人間達が、大峡谷を越えて魔族領に侵攻したのが、長きに渡る戦の始まりらしい。

それまでは大陸南部の蛮族達とやり合っていた魔族が、初めて最大勢力を持つ人間側と激突した瞬間でもある。

人口比では人間の方が圧倒していたにもかかわらず、初戦は双方痛み分けという結果だったが――以後、平和な時代は長く続かず、魔族と人間の争いは今なお続いたままだ。

今回の紛争も、元はヴァレンシア王国側が大峡谷を越えて侵攻してきたことが原因であり、中立のつもりでいる涼から見ても、魔族の方に正当性があるように思えた――が。

あいにくその思いも、出陣予定日の二日前には揺らぐことになった。

……その日の朝、アリサを伴ってゴルゴダス城の中庭を散歩していた涼は、人だかりができているのを見て、ぶらりと歩み寄ったのだが……途中から死臭がしたことに顔をしかめ、一旦は城内へ戻ろうとした。

しかし、肝心のアリサが「誰が処刑されたのか、アリサはちゃんと確認する義務がありますっ」と頑として主張した。

どうも彼女は、この死臭が同朋である人間が処刑された故だと思ったらしい。

やむなく、涼はアリサと二人で、そっと現場に近付いた。

そこで見たものについては、胆力に優れた涼ですら顔をしかめるもので……全身にひどい拷問の跡を残した数名の男女が、大地に磔《はりつけ》にされている光景だった。

ただし、人間ではない。刑を受けた者の中には獣人もいたし、魔人タイプの者もいた。共通するのは、全員が魔族だったということだ。

立て札には、『この者達、魔族を裏切って人間共に味方し、帝都内に人間達の隠れ家を提供していた。よってその罪により死罪とし、魔王陛下の命令で、城内にてその死体を晒す』とあった。


「た、多分……転移魔法陣を屋敷に備えた隠れ家だったんでしょう……先日、アリサを救出にきた人達が使ったものです」


人垣の隙間から覗いたアリサは、口元を覆ってそう述べた。

震え声であり、文脈もかなり混乱していた……あたかも、アリサの内心を示すように。

「かもしれない。いずれにせよ、アリサのせいじゃないさ」

アリサに見せないようにわざと彼女を抱き締め、涼はそっと告げた。

涼自身は特に目を逸らさずに全部見たが……拷問のされようがひどい。魔族のタフさが災いしたのか、全員、無事な皮膚が見えないほどの手ひどい傷を負っていた。

なるべく長く苦しむように、時間をかけて拷問したのが、明らかである。

もはや亡くなっているが、一人残らず、顔が深甚《しんじん》な恐怖で歪んでいる。おまけに、女性の一人は、明らかに性的な乱暴も受けていた。

涼の、魔王グレイオスへの評価が決定的に下がったのは、実にこの瞬間だったかもしれない。

……アリサを促してそっとその場を立ち去ろうした涼を見て、誰か——おそらく地位の高い魔人の一人が前を塞いで何か言いかけた。

おそらく、ショックを受けたアリサの顔を見て、からかいたくなったのだろう。

しかし——涼がそいつをじっと見つめると、少なくともうすら笑いは消えた。

「死にたくなければ、どけ……俺は今、非常に機嫌が悪い。手加減なんぞできない」

押し殺した涼の声を聞き、蒼白になって立ち去った。

また評判が下がったかもしれないが、涼としては知ったことではなかった。

ただ、城内の部屋に戻る途中、副官のグレースが涼を見つけ、駆け寄ってきた。

「涼様！」

最初に声をかけた後、涼とアリサの顔を見て、眉をひそめて立ち止まる。

「いかが……されましたか？」

「別に。中庭で死体が晒されているのを見ただけだ」

涼は素っ気なく述べ、訊き返した。

「用件は？」

「は、はいっ。つい先程、国境の大峡谷周辺を守備する部隊から、帝都へサイレントボイスで連絡が届きました。勇者ロザリーが指揮する大部隊が、大峡谷を越えて再侵攻してきたとっ」

「……となると、出陣も早まるのか？」

最初から再侵攻を予想していた涼は、驚く代わりに端的に質問した。

「はっ。魔王陛下は、『出陣予定の将達は、今すぐ部隊を整えよ！』と布告しました。二日後を待たず、今夜にも予定していた軍勢を出陣させるおつもりです」

「……そうか。いろいろ忙しくなるな」

アリサが蒼白な顔で見上げるのに対し、涼は安心させるように笑顔を見せてやった。

＊＊＊

国境の大峡谷は数百メートルの深さを誇るものの、その幅は最大でも百メートル程度にしか過ぎず、場所によってはたったの十メートルほどしかない場所もある。

よって、正規の街道も兼ねている吊り橋を利用せずとも、分厚い板などを橋の代用にして峡谷を渡ることは、決して不可能ではない。

さらに言えば、魔法使いが使う「レビテーション」を複数の人間にかけ、彼らに掴まることで国境を突破することも可能なのだ。もちろん、他にも軍用に使う即席の架け橋もあり、それらは既に用意されている。

そんな、考えられる限りの手段を使い、ロザリー率いる王国軍は、大峡谷を越えて魔族領に雪崩れ込んだ。

一年前に他の指揮官が同じ方法で魔族領に侵攻してから、再度の侵攻である。この短い期間で二度の侵攻というのは、長きに渡る魔族との戦でも、さすがに初めてのことである。

（戦費の負担ももう限界だと聞くし、今度こそは侵攻を成功させ、魔族達を滅ぼさないと！）

ロザリーの固い決意もあり、少なくとも大峡谷を越えた後の戦闘は、極めて順調に進んだ。

敵側の北部守備隊は、奴隷である獣人族がロザリーを見て怯えること激しく、ロクに抵抗も見せないまま脆くも崩れ、安全を約束する南の森へと逃げ込んでいった。

軍の運用に関しては迅速を旨とするロザリーは、その夜にもさらなる進撃を開始するつもりだったが、いち早く戻った斥候《せっこう》からの報告を聞いて気が変わった。


「魔王グレイオスが軍勢を率いて、やってくるのね!?」


休息のために大テントにいたロザリーは、その場で立ち上がった。

「はっ。既に敵軍は帝都グラナガンを出立、セブンウォール四名とあのユリアを加えた総数は、およそ六万五千！」

「ユリアまで!?」

名高いセブンウォールトップの名を聞き、ロザリーは息を呑む。

ここ何十年と、そんな大戦に出てこなかったはずなのに！　驚いたし脅威も感じたが、ロザリーはあえて顔には出さない。

ただ冷静に訊き返したのみである。

「思ったより反応が早いけど、なにか理由でも？」

「敵の捕虜によりますと、魔王めは我らの侵攻がなくとも、どのみち自ら親征するつもりだったようです」

「なるほど……こちらの意図と向こうの意図が、偶然にも一致したわけね」

ロザリーは苦笑して頷き、報告してくれた騎士に頷いた。

「ご苦労様でした」

「ははっ」

彼が下がった後、ロザリーは側近達を見渡した。

ここにいるのは四名だが、ロザリーは特に信頼を置く副官のキュリスに尋ねた。

「貴女の意見は？」

「はっ！　ここから魔族共の帝都グラナガンまでは、せいぜい騎行二日の距離に過ぎません。であるならば、我らは補給を得やすいこの地にて態勢を固め、手ぐすね引いて待ち構えるのが肝要かと。さすれば敵は、お得意の奇襲すら行えず、味方の勝利は疑い得ません。それに……」

「……それに？」

勝ち気な女性であるキュリスが言い淀んだのを不思議に思ったロザリーが促すと、彼女はいつもの強気の表情で微笑した。

「それに、ロザリー様の手元には、聖刀ブレイブハートに加え、既に新たな神器があり、敵は愚かにも魔王が親征してきています。これ全て、女神シャリオンのご加護でありましょう」

これにには、他の三名の側近も、大きく頷いていた。

「そう、そうね……神器ソウルプリズンは、既に我が手にあるわ」

テント内のテーブルに置かれた、透明な宝石を振り返り、ロザリーも小さく頷いた。

キュリスほど表情が弾んでいないのは、この神器に頼るということは、正々堂々と正面切って戦うのを投げたのと、同義だからだ。

「勇者ロザリー・ナヴァール殿」

キュリスの隣にいた上級騎士が、穏やかに声をかけた。

「なにかしら？」

「相手は魔族であり、人間ではありませぬ。故に、正々堂々の勝負などは、お考えにならずともよいかと。連中は散々、汚いやり方で我ら人間を苦しめたのですから」

「……そうね」

内心の葛藤を言い当てられたロザリーは、大きく息を吐いた。

そうよ、わたしの正義感など、大義の前には小さなこと……のはず。数秒ほど沈思した後、顔を上げたロザリーは、既に勇者にふさわしい凛とした表情を見せていた。

「よろしい、キュリスの意見を取り入れ、我らは占領したこの地で魔族軍を迎え撃ちます！

そして魔王を倒し、敵の帝都へ乗り込みましょう！」

「……この時のために用意した新兵器は、いかが致しましょう？」

控えめに尋ねたキュリスに、ロザリーは大きく頷いた。

「もちろん、使います。魔族を相手に手は抜きません！　各自、全力を尽くしてください」

『ははあっ』

四人の側近達は、一斉に敬礼で応えた。

＊＊＊

出陣するにあたって涼が一番心配だったのは、城に残すアリサとダフネの身の安全だった。

ただ、いざとなればアリサは透明化の魔法で隠れることができるし、いざその術を発動すれば、ダフネと接触することで彼女も同じく隠れることが可能である。

加えて涼は、未だにゴルゴダス城内で滞在中だったユリアの私室を訪れ、彼女の配下の誰かに、アリサ達をそれとなく見ていてもらえないか頼み込んでおいた。

もちろん、頼まれた側のユリアは、呆れ顔で涼を見て「ユリアはおまえに借りなどないし、そんな義理もないのはわかってるでしょう？」とすげなく言ったものである。

「だいたい、せこく兵力を削られたとはいえ、ユリアも出陣するのだけど？」

「うん、知ってる。けどまあ、俺と違ってあんたは側近も多いだろうし……なにより、この城内では一番信頼できる」

涼が真面目に頭を下げると、不思議な生き物でも見るように涼を見上げた後、ユリアは盛大なため息とともに言ってくれた。

「ふう……まあ、いいでしょう。ユリアの留守はエルンストに任せてあるから、あの子に言っておきます」

「感謝する！」

涼は破顔し、珍しく丁寧に一礼した。

「……あまりユリアと関わると、おまえまでグレイオスに睨まれるわよ？」

最後にユリアは目を細めてそう警告したが、これにも涼は笑顔で答えた。

「はっは！　自慢じゃないが、俺は既にばっちり睨まれてるさ。自覚があるしなっ」

「そう……あの男のコンプレックスも、よほど底が深いわね」

「なんのコンプレックスだ？」

涼の質問は、あいにく無視された。


かくして、すぐに夜に入り、涼は慌ただしくゴルゴダス城から出陣した。

幸い涼には、グレースという経験豊富な副官がいてくれたお陰で、ほとんど苦労はなかった。

遠征を命じられた時点で、彼女が領地から涼の指揮下に入る予定の軍勢を集め、再編し、いつでも出陣できるよう準備万端に整えてくれたのである。

正味、涼がやったことと言えば、最後に馬に跨がったくらいだろう。

いざ出陣という時になって、ようやく「そういや俺、馬に乗れるのかどうか、全然試してないな」と気付いたほどだ。……結果的に、これは全く問題なかった。

生まれてからずっと騎乗していたかのように、なんの違和感もなく乗りこなせることに気付き、涼は破顔して夜空を仰いだほどだ。

「まあ、幸先はいいかな」

「……涼様は不思議な方ですね」

馬首を並べたグレースは、これまた不思議な生き物でも見るように涼を眺めた。

そういえば、周囲は同じく出陣する魔族達でごった返していたが、皆ちらちらと涼の方を見ている気がする。

「経歴を伺うと、ほぼ初陣のはずですが……まるで、常に戦場で生きてきたかのように、落ち着いていらっしゃいます」

「慌てふためいて、馬上でぶるぶる震えているよりは、いいと思うが？」

涼は苦笑して述べた。

「だいたい、記憶がないからわからなかっただけで、本当にかつては戦いの日々だったのかもしれないさ。常在戦場ってやつ？」

「それにしても、鎧かバトルスーツくらいは、纏《まと》うことを気にされてもよろしいのでは？」

黒ジャケットとシャツ、そしてズボンという全くもって平服の涼を見つめ、グレースが控えめに意見する。まあ、戦場に私服で赴く方がおかしいのは事実だろう。

魔族軍では下級兵士ですら、レザーアーマーくらいは纏っている。

「動きが制限されるのは面白くないし……ぴっちりスーツはどうも苦手だ。陛下からは、『今回は遊撃隊としてよろしくやれ』と言われてるし、好きにさせてもらうさ」

涼は柔らかく答え、密かに城内の部屋から見下ろすアリサ達に、手を振ってやった。

月明かり程度では見えないはずなのだが、夜目に優れた涼には、心配そうにこちらを見つめる二人の姿がちゃんと見えていたのだ。

「今の俺が気にしてるのは、留守を頼んだあの二人の安否と、あんたの命くらいだ」

「わ、私ですかっ」

「不思議か？　味方として率いる一万の中で、言葉を交わしたことがあるのは、グレースくらいだからな。そりゃ気にもなるさ」

既にバトルスーツ姿になっている彼女にそう答えた瞬間、魔王グレイオスの濁声が響いた。

「者どもっ、いざ出陣ぞ！」

途端に、周囲がどっと沸き、それぞれ剣や槍を突き上げる姿が見られた。

そんな中、涼は至って穏やかに、大声一つ上げることなく、ゴルゴダス城を出陣したのである。

帝都グラナガンから、敵が占領した大峡谷付近までは、せいぜい騎行二日の距離に過ぎない。

勇者率いる大部隊は、その地に滞陣していた魔族軍を散々に打ち負かした後、今度は自分達が腰を据えてしまったらしい。

それでも、魔王グレイオスは敵の夜襲を警戒し、行軍には通常より時間をかけ、三日後の朝日が上る時刻に、想定される戦場に辿り着いた。

そこは、針葉樹林の深い森を背後に控え、前方には人間世界と魔族を分かつ大峡谷を控えた場所で、寒々とした平野が広がっていた。

ロザリー・ナヴァール率いる神聖騎士団と王国軍の合同軍は、既に布陣を終えていて、まさに魔族軍を待ち構えていたといってよい。

魔王は最後まで奇襲を警戒していたらしいが、不思議なことに、勇者が率いる大軍は、その場に布陣したままぴくりとも動かず、不気味に静まり返っていた。

「左右に分かれて大軍が布陣してる……あれは、鶴翼《かくよく》の陣に見えるな」

膨大な数の旗印が翻る敵陣を見て涼が呟くと、グレースがはっとしたように見た。

「我々は翼陣形と呼んでいますが……それはどういう？」

「いや、ほぼ同じだよ。翼を広げるのが鶴だってだけ」

端的に説明したが、どうもこの世界には鶴などいないらしい。

グレースは首を傾げたのみで話を変えた。

「それはそうと、敵軍の数は九万ないし十万はいますね……しかも、中核となるのは神聖騎士団の連中のようです」

「ああ、シャリオン教団とかいう宗教団体の？」

涼は頷いたが、どのみち自分の部隊は出陣前の打ち合わせでは、遊撃隊を命じられている。

最初に突撃するのは、他のセブンウォールの部隊であり、今すぐ戦局に関わる立場ではない。

「まあ、まずは魔王――陛下のお手並み拝見といくか」

独白すると、グレースはおろか、本陣に詰める戦士達がぎょっとしたように涼の方を見た。

グレースも何か言いたそうだったが、どのみちその機会は失われた。

魔族軍が布陣を終えるや否や、凜とした女性の声が響いたからだ。


「魔王グレイオスと、魔族軍に告げます！」


「ほう？」

後陣とはいえ、馬上の涼には辛うじてその女性の姿が見えた。

女性というか、年齢的にはまだ女の子だろう。

薄い水色の髪を微風になびかせ、簡素な戦闘スーツを纏った少女である。ヘルムの類いは装備していないので、普通に素顔が拝める。

なかなかキリッとした顔の、美人さんに見えた。

「話題沸騰中の勇者か？」

涼がグレースに尋ねた途端、また彼女の宣言に遮られた。

「この百年、貴方達は人間世界を脅かし、無辜《むこ》の民への略奪や殺人、それに暴行など、あらん限りの悪を為してきました！　しかし、それもこれまでですっ。私は女神シャリオン様より、『魔族を討て！』とのご神託を頂き、運命に導かれてこの地に立っています。故に、恐れるものは、何一つありませんっ」

　そこで一度言葉を切ったが、散発的に魔族軍の方から罵声が飛んだのみで、おおむね戦場は静まり返っていた。

　途中、なぜか彼女が涼のいる後陣の方を何度か見た気がしたが……まあ、さすがにそれは気のせいだろう。

　今、勇者ロザリーは馬上で両腕を広げ、あたかも神の声を聞くがごとく、蒼天を仰いでいる。

　ややあって、再びキッとなって魔族軍の方を睨《ね》めつけた。

「神は今も我と共にあり！　必ずや、正義のなんたるかをこの地に示してくれるでしょう！」

　最後に斬り裂くように叫び、ようやく彼女は自陣へ下がっていった……別に慌てるでもなく、悠然と。

　敵軍の中ではよほどの信頼を得ているのか、彼女が戻る間中、「万歳っ！　約束された勇者、ロザリー・ナヴァール、万歳！」という讃美の声が敵陣に轟いていた。

「約束された勇者？」

　涼が尋ねると、グレースが周囲を気にしつつ教えてくれた。

「人間世界が危機に陥ると、常に女神シャリオンが神託を告げた勇者が現れ、魔族軍の侵攻を阻止するのです。少なくとも、過去二回の出現時には、そうなりました。だからこそ、彼らは

これで戦が終わるという意味を含めて、約束された勇者と呼ぶのですわ」

「なるほど……神がかってるな」

涼は感心して頷く。

神の存在は否定しないし、そういうこともあり得るだろうとは思っている。確かこの前までいた世界でも、ジャンヌ・ダルクという似たような戦士が過去に存在したはずだ。

「段々、あの子に興味が湧いてきたな」

涼が思わず呟くと、またグレースがじっと見つめてきた。

「言っておくけど、お付き合いしたいという意味じゃないぞ？」

説明のつもりで言ってやったが、真面目な副官殿は慌てて目を逸らしただけだった。

ちょうどその時、魔王グレイオスが遠くで命令を下した。

「先陣、突撃せよっ。虫けら共を踏みつぶし、勇者を僭称《せんしょう》する女の首をもぎ取って参れっ」

『うぉおおおおおっ』

喊声《かんせい》と共に地響きを上げ、味方の暗黒騎士達が突撃を始めた。

その時、涼は敵軍の最後陣に一人注目していた。

（あの……後ろの方でカバーをして隠してあるデカブツはなんだ？）

＊＊＊

この世界で言う翼陣形を扇子に例えれば、要に当たる中心部分に位置するのが本陣である。

そこにロザリーが戻った途端、魔王が口汚く号令を発するのが聞こえた。

魔族軍の騎士達は、バトルスーツであろうと鎧であろうと、ほぼ漆黒で統一されているのが特徴だが、大地を黒く染め上げるがごとく押し寄せる暗黒騎士団の迫力は、なかなかのものだった。

その後からすかさず、獣人や下級兵士で構成される、歩兵集団が続く。もちろん、数はこちらの方がずっと多い。

「相変わらず、下卑た野人ですね、敵は」

副官格のキュリスが、盛大に顔をしかめていた。

「まあ、そういうものではないわ。一応、わたしの宣言を最後まで聞いてくれたのだから」

ロザリーはくすっと笑ってそう答え、もう一度、魔族軍の最後陣の辺りを見やる。

そこには、見覚えのある少年を指揮官とする部隊がひっそりと布陣していたが……先日の偶然の出会いはともかく、どうもあの少年から奇妙な圧迫感……端的に言えばプレッシャーのようなものを感じるのだ。

「ロザリー様？」

「いえ、なんでもないわ」

ロザリーは首を振り、自らも号令を発した。

「全軍、戦闘準備！　数は圧倒的にこちらが上ですっ。落ち着いて、敵軍を迎え撃ちなさい。

弓兵は即座に攻撃開始っ」

右手を上げた後、さっと振り下ろす。

『了解っ――放てぇええ！』

威勢のよい応答がして、すぐに両翼に展開済みだった弓兵達が連続で矢を射始めた。不気味な笛の音のような音が次々に重なり、空を覆うほどの矢がどっと放たれる。

たちまち、真っ直ぐこちらへ駆けて来つつあった魔族軍の将兵に、雨あられと降り注いだ。

こういう時、人間なら防ぐことをまず考えるのだが、魔族軍はそうは考えない。「矢ごとき、なにするものぞっ」とばかりに、平然と人馬共に疾走してくるのだ。

たちまち静かだった平原に怒号と悲鳴が満ち、矢を受けて落馬した暗黒騎士達が、味方の馬に踏まれて、悲鳴を上げる暇もなく事切れていく。

しかし、朋輩《ほうばい》を助けるために馬を止める者など誰もいない、矢雨の中で、ただひたすら押し寄せてくる。これもまた、魔族軍の特徴と言えるだろう。

味方の救出より、敵への復讐と死を、というわけだ。

見る見るうちに大地が鮮血で覆われ、目を覆わんばかりの様相を呈してきた。暗黒騎士団の先頭にいた騎士達の何割かが、槍を振るって陣地に襲いかかってきたが、戦力差が大きいせいで全て前衛に討ち取られ、突破できずにいる。

とはいえ、魔族軍もそうそうやられっぱなしではない。

「魔導部隊、前進！　敵を蹴散らせっ」

彼らの最大の強み――つまり、魔法使い達で構成される魔導部隊が、魔王の号令一下、進撃を始めた。

こちらは暗黒騎士団ほど統一された部隊ではなく、数も千に届かないほどだが……それでも、今の世にこれほどの魔法使いを実戦配備できるのは、魔族をおいて他にない。

よって、人間側が敗れる時は、まずこの魔導部隊を持てあました時が多いのだ。

「ロザリー様、敵の魔法使い達ですっ」

「わかっています！　人間は進歩する生き物だと、彼らに教えてあげましょうっ。魔法使いの数で負けても、兵器によって質を補えばいいっ」

ロザリーは力強く言い切ると、背後を振り向いて手を振った。

無論、これも合図で、待ち構えていた最後陣の部隊が、カバーを振り払って、新兵器を露わにする。元々はシャリオン教団の神官達が考案したものだが、魔法使い数名の魔力を集中し、一点に放射する能力がある。

まだ試射を終えたばかりの五十門の新型魔導兵器が、黒々とした砲身を晒す。

「仰角を上げろっ。すぐに撃つぞ！」

できたばかりの砲兵部隊の制服を着た指揮官が叫び、配下の兵士達も存分にそれに応えた。

既に砲身の後部にある、三カ所に分かれたチャージ部分に、各砲三名ずつ魔法使い達が集い、手を当てて魔力を集中している。

ルーンをびっしり書き込まれた砲身が十分に輝きを増せば、そこで攻撃準備完了である。

たちまち準備は整い、リーダー格の魔法使い達が、それぞれ指揮官を見た。

『魔力充塡完了《じゅうてん》っ』

「よし！　魔導砲、撃てぇええっ」

途端に、それぞれの砲身からまばゆい光弾が撃ち出された。

結果がどうなるかは、まだロザリーも未確認だったのだが……幸い、予想以上のものだった。

ドギューンッという、どこか歪んだような不思議な音とともに打ち出された光弾は、狙いこそバラバラだったものの、前進してくる魔法使いの集団の中にドカドカ落下し、そこで無数の光の粒子となって散った。

「な、なんだ!?　ぐわっ」

「ぎゃあああああっ」

「胸が、俺の胸がぁああああっ」

ただの光ではなく、魔導砲が撃ち出す光弾はそれぞれが雷光魔法に匹敵する威力を秘めていて、密集していただけに魔法使い達の損害は大きかった。

たちまち、光弾が命中して真っ黒に炭化した胸を押さえ、あるいは掠っただけでハンマーに撃たれたように全身が麻痺して動けなくなり、次々に倒れていく。

おまけに見たこともない魔導兵器だったこともあり、彼らは魔族軍とは思えないほどあっさりと隊列を乱し、敗走に移ってしまった。

「逃げるなっ。単なる魔法攻撃に過ぎぬぞ、あれはっ。逃げる者は、予が斬る！」

敵本陣から魔王その人の怒声が聞こえたが、なかなか恐怖に打ち勝つのは難しいらしく、あまり抑止力とはなっていない。

おまけに、未知の兵器だったことが災いしてか、魔導部隊以外にも影響が出て、暗黒騎士団の攻撃が、やや鈍っていた。

魔族といえども恐怖は感じる。

騎士団と歩兵達の中にも、普通に怖じ気づいた者が多かったのである。

「魔王の本隊は動かず！　しかも、魔族軍の先陣と第二陣、崩れていきますっ」

キュリスが弾んだ声を上げ、「追撃に移りますかっ」と重ねて尋ねた。

「そうね――」

一瞬、ロザリーもそうするかと思った――が。

そこで、再度の転機が訪れた。

将兵の誰かが、こう叫んだのだ。

「真紅の薔薇の旗印っ。魔族軍の第一軍が前進を始めましたっ」

「……うっ」

ロザリーはキッと前方を睨《ね》めつける。

確かに、混乱する魔族軍の中にあって、まるで別世界にいるかのように、静かに布陣していた部隊があった。他の部隊より数に劣るのに、その存在感は群を抜いている。

白地に真紅の薔薇の旗印が、あれが誰の部隊かを強固に主張していた。

そもそも、魔族軍の第一軍と言えば、遥か昔より彼女の部隊を指すのだ。

「ユリア……魔王が最も畏れる戦士が出るのね」

さすがのロザリーの声も、緊迫感に溢れていた。

せっかく、戦の流れが決定的に自軍優勢へと傾いているのだ。魔族の大軍は既に崩れかけているし、ここでひっくり返されたらたまらない。

「確かにユリアは恐るべき戦士だけど、今回は五千程度の軍勢しか率いていない。この際、数の有利を活かします！　本陣を含め、全軍突撃っ」

「ははっ。――全軍突撃！」

キュリスが、全軍に号令する。

ロザリーは迷わず、名高い神器「ブレイブハート」を抜き放ち、蒼天へと掲げた。

まばゆいばかりの魔力のオーラに包まれる神器ブレイブハートをその目で見て、全軍が一斉に沸き立つ。

「おおっ、勇者の証！」

「神器ブレイブハートっ。再び、この目で見にできるとはっ」

当然、抜いたからには後方でのんびりと戦況を眺める気などない。

「キュリス、共に参りましょうっ」

「もちろんですっ」

副官の返事を受けた時には、もうロザリーは馬を駆って飛び出していた。

ロザリーの白馬は突撃を開始した騎馬隊の最先頭にいる。

水色を基調としたバトルスーツの腰には、帯剣するためのベルトが掛けられていて、そこに装着した小さな物入れには、教団から預かった神器がまだもう一つある。

遅れて到着した神器、「ソウルプリズン」である。

（こんなの使わずに勝ってみせる！　勇者として、皆の規範にならないといけないのだから）

ロザリーはそう決めて、決然と前方を見た。

魔王の前に、まずはユリアよっ。幸いにして、求める敵は探すまでもなかった。

……セブンウォールトップのユリアは、己の部隊の先頭にいて、しかもレビテーションを使ってわざわざ浮いている。鎧の類いは全く身に着けず、豪華なゴシックドレスを纏ったままである。戦場を舐めているとしか思えない。第一、恐ろしいまでに目立っていた。

「不埒なっ。弓兵、放てぇえええっ」

「魔導砲、撃てぇええ！」

お陰で、味方の陣地から弓矢はもちろん、新兵器の魔導砲まで、ロザリーを援護するように一斉に撃ち放たれた。

再び、空を覆うほどの矢がロザリーを追い越して飛び去り、五千ほどのユリアの部隊に降り注ぐ。遅れて、魔導砲の光弾もまばゆい軌跡を空に残し、一斉に彼女に向かって殺到した。

しかし、なんたることか！

矢も光弾も、その全てが目標に到達できなかった。ユリアがうるさそうに手を軽く動かした途端、あっさりと寸前で弾かれたのだ。

矢はその場で大地に墜落し、光弾は不可視の壁に当たって爆砕した。

（なんてことっ!?）

馬上で目を見張るロザリーを、当人のユリアが初めて見た。

開戦と同時にロザリーと同年代ほどの姿に変化していた彼女だが、唇の端を吊り上げたかと思うと、片手を虚空に伸ばす。

たちまちその手に、漆黒の巨大な両手持ちの大剣《バスターソード》が握られ、不気味な薄赤い光を放ち始める。

「神器……ブラックコンビクション！　戦神フューリーから直接授かったと吹聴する、漆黒の魔剣ねっ」


「――誰が吹聴ですって？」


「う、嘘っ!?　速いっ」

呟いた次の瞬間、敵はまさに一瞬の光芒《こうぼう》のごとく接近し、空中で大剣を振り上げていた。

まだ数百メートルは距離が開いていたはずだが、恐ろしいまでのスピードであり、ユリアが一人で空を飛び、突っ込んできたのだ。

「自称勇者の女、このユリアの手にかかって死ぬがいいわ！」

「――くっ！」

振り下ろされたその勢いを見て、ロザリーは聖刀で受けることを放棄した。

一瞬の勘で「受け切れないっ」と悟ったためだ。

夢中で馬上から身体を投げ、大地で受け身を取る。ほぼ同時に不気味な風切り音がして、馬の首が音を立てて落ちた。

首を失った馬の身体が、よろめくようにしばらく走り、どうっと横倒しに倒れた。

「……おまえが避けるから、罪もない動物を斬ってしまったわ」

言葉の割に素っ気なく述べ、ユリアは静かに大地に舞い降りる。

手にした漆黒の大剣は、驚くべきことに変化した彼女の身長と、さして変わらないように見えた。

「人間世界の救世主であり、勇者なんでしょう？　ユリアを侮辱するくらいなら、もちろん一騎打ちに応じるわよね？」

静かな声で言った途端、ユリアはロザリーの返事も待たずに軽く手を振った。

途端に、二人の周囲を半透明の魔力シールドが覆ってしまう。

「し、しまった！」

味方と分断されたことに気付き、ロザリーは小さく呻く。

「なにを焦るの？　おまえはユリアを攻撃するために突撃してきた。ならば、この展開は望んだ通りでしょうに」

ユリアはくすくす笑う。

「どういう風の吹き回しか、グレイオスがユリアに防戦を頼んできたことだし、この機会においまえ達を踏みつぶしておきましょう」

(わたしの本当の狙いは、貴女の後方に控える、魔王よっ)

ロザリーとしてはそう言い返したかったが、今はそれどころではない。

薄赤いユリアの瞳が、ゆっくりと真紅に染まっていく。口元に酷薄な笑みを刻み、ユリアが軽々と大剣を持ち上げた。

「さあ、始めましょうか。全軍の前で、改めて証明してあげましょう。……このユリアを敵に回す者は、必ず倒れ伏すことになるのだとね」

「まだ剣も交えないうちから、なにを言うのっ」

ロザリーは神器ブレイブハートを正眼に構え、キッとなって言い返した。

「わたしは約束された勇者よ！　ブレイブハートも既に我が手のうちにあるわ。ここで堂々と一騎打ちで貴女を倒して見せます！」

(そう、ソウルプリズンなどには頼らず、倒して見せるわっ)

心中のロザリーの声を嘲笑《あざわら》うように、ユリアが一陣の風のごとく突っ込んできた。

「笑わせるわね？　神器があれば勝てると信じているなら、それは大きな間違いよ？　おまえとユリアの実力差は、アリとドラゴンほども大きいと教えてあげましょう！」

「くっ」

黒き暴風のようなユリアの斬撃を、少なくともロザリーは真っ正面から受けて見せた。鋼鉄をも両断するというブラックコンビクションを、見事に受けたのだ。

しかし、そのたった一撃で腕が痺れ、膝の力が抜けそうになった。

慌てて間合いを取ろうとしたものの、今度はユリアが身を翻し、風切り音が聞こえるほどの蹴りを放つ。

その蹴りをまともに受け、ロザリーは声もなくふっ飛ばされていた。

＊＊＊

一方、ユリアとロザリーが一騎打ちを始める直前、涼はそれまで泰然として戦局を眺めていたのに、いきなり簡潔に命じた。

「グレース、出るぞ！」

「え、ええっ」

馬首を並べていたグレースは、慌てて涼のそばに馬を寄せ、囁いた。

「魔王陛下からは、特に命令が来てませんが」

「今日の俺は遊撃隊だ。己の判断で動いていいはずだが？」

「……わかりました。ただ、どうしてこのタイミングなのでしょう？」

「帝都に侵入してきた時、あのロザリーは危ないと思った際には躊躇なく逃げた。なのに、今は最初から、逃げることを放棄したような無茶な突撃をやらかしている。おそらく、今回はなにか策があると見た……もしも、この後で一騎打ちに持ち込むようなら、いよいよ怪しいと思った方がいい」

グレース自身には今一つ納得できない理由ではあったが、戦士である以上、彼女とて戦うことに否やはない。

「わかりました！　では、号令は涼様が？」

「うん、そうしよう」

涼は素直に頷くと、なぜか軽く目を閉じ、蒼天を仰いだ。どういう理由か、しばらく声を出さず、じっとそのままの姿勢を保っている。

グレースが待つことしばし……やがて、まるで詩を読むように言葉が紡ぎ出された。

「戦いで死の恐れを抱く者にこそ、死神は疾く近付く。されど、我が心に怯懦《きょうだ》はなく、勇猛かつ冷静なること、まさに狼のごとし。我、未だ真の敵を知らず、眼前に立つ敵のことごとくは弱卒に過ぎず！　ならば、我に敗北があろうはずはない。ただひたすら、蹴散らすのみっ」

静かな口調で最後まで言い切った後、かっと目を開く。魔王から拝領した刀を抜いて天に突き上げた時には、もはや別人のような武人の風格があった。

「皆、俺に続け！　行くぞっ」

言下に、馬の腹を蹴り、真っ先に飛び出す。

副官であるグレースがあっけにとられるほどの素早さであり、とても今日が初陣の少年には見えなかった。

あの短い宣言の後、はっきりといつもの飄々とした部分が消えた気がする。

「き、聞いたでしょう！　突撃っ。第二軍、突撃します!!」

背後に慌てたように続く馬の蹄音を聞きつつ、涼は単騎で駆けに駆けている。

左翼の一番隅にいたので、幸い、今のところは前を遮る者はいない。ただ、涼自身が予測した通り、ユリアと勇者ロザリーは一騎打ちに入っていた。

(思った通りか！　しかし、あの女はどんな切り札を持っているんだ!?)

馬を急き立てつつ、涼は一心不乱に二人の女性騎士の元へ駆けつけようとしていた。

＊＊＊

ロザリーとユリアはついに直接対決に入り、激しく斬り結んでいる。

いや、その言い方は実は正確ではないかもしれない。特に、当事者のロザリーはそう思わずにはいられない。

というのも、ユリアの振るうバスターソードの威力が強烈すぎて、まともに受けるたびにロザリーはふらつき、思わず膝を突きそうになるからだ。

女神シャリオンの祝福を得て、人間を遥かに超える力を持つロザリーがこの有様なのだから、ユリアにとって普通の人間が、薄紙程度の障害にもならないのは、当然だろう。

もちろん、相手の力を受け流すようにして戦ってはいるが、ユリアが繰り出す暴風のごとき激しい剣撃の嵐の中では、いつまでそんな器用な戦い方ができるか、わからない。

「どうしたのかしらね、自称勇者！」

「ぐっ」

ガィィンと強烈な金属音がして、またしても剣撃を受けたロザリーの腕にズキッと激痛が走った。気のせいではない証拠に、両足が少し大地に食い込んでいる。

「なんて……破壊力！」

必死で押し戻そうとしたが、あいにく向こうは鋼鉄の柱と化したかのように微動だにしなかった。一方ユリアは、鍔迫り合いの最中、額に汗が浮かぶロザリーをしげしげと眺め、ためいきなどつく。

「はあ……だいたい、おまえの実力が見えたわね。ユリアが相手をするような戦士ではなかったらしいわ。……今なら見逃してあげるから、逃げるなら逃げてもいいわよ。先程のおまえは勘違いしていたようだけど、周りに張った防御シールドは、内側から出る分には問題ないわ」

シールドの周囲は、既に敵味方が入り交じる乱戦状態だったが、内側にいるロザリーには、ユリアの声が残酷なまでにはっきり聞こえた。

途端、かっと灼熱の怒りがロザリーを支配する。

「だ、誰が逃げるものかっ。おまえ達は両親の仇よっ。殺し尽くしてやるっ。——女神シャリオンよっ」

敬愛する女神の御名を叫んだ途端、ほんの一瞬、ロザリーの身体がまばゆく輝く。

「ええいっ」

さらなる祝福を得たロザリーは、今度こそ常にない筋力を発揮し、ロザリーをあり得ないパワーで押し戻した。

「ふぅん？」

腹立たしいことに、神の奇跡を見ても、ユリアはさして慌てる様子もなかった。

ロザリーの剣に飛ばされたように見えて、その実、軽々と宙を舞い、着地する。

「女神の奇跡だけは、嘘じゃないようね。それなら、少しは楽しめるかもしれない……いいでしょう、掛かってきなさい！」

真紅に染まったユリアの瞳が、パワーアップしたロザリーを見て輝く。

不気味に微笑した彼女を見て、力を増したはずのロザリーは逆に敗北の予感に身を震わせた。

(だ、駄目だわ……今のわたしの力では、女神の祝福をいくら得ても、このユリアには敵わない。でも、逃げるなんてできないっ。それくらいなら、たとえ名誉を傷つけることになろうと、神器を使う方がまだマシよっ)

刀を構え直したロザリーは、刹那の間に覚悟を決めた。

直接殺した相手ではないにせよ、この少女は両親の仇！　ならば、わたしは手段を問わず、彼女を倒すっ。

「いいでしょう、ユリア！　貴女の大言がどこまで通用するか、女神シャリオンの手による神器で確かめてあげるわっ」

「なにが女神シャリオンよ。神器は元々、戦神フューリーの手による――」

言いかけ、ユリアはロザリーが取り出した輝く宝石を見て、大きく息を吸い込んだ。

「それは、ソウルプリズン！　おまえっ、そんなものを一騎打ちに」

「うるさいっ」

最後まで聞かず、ロザリーは怒声を張り上げる。

怒りと侮蔑の声は、文字通りユリアの肺腑《はいふ》を抉《えぐ》ったが、それでも彼女は発動のコマンドワードを叫んだ。血塗《まみ》れの両親の死体を思い出し、普段の抑制など弾け飛んでいた。

「――神器よ、今こそ力を見せなさいっ。敵の魂を我が手にっ」

「おのれっ」

最後の瞬間、明らかにユリアは自ら間合いを取ろうとした。

長い長い時間を生きている彼女のこと、ソウルプリズンの有効範囲を離脱する以外、この神器の拘束に抵抗する術はないと知っていたのだろう。

しかし、あいにく遅かった。

いや……そもそも指呼の距離でソウルプリズンを使われたその時、ユリアの運命は決まったといってよい。

ソウルプリズンから、神の奇跡を具現するかのような光が走り、一瞬でユリアを覆い尽くす。

その刹那、彼女の身体が二つに分裂したかのように見えた。

「魂が分離したっ」

ロザリーが思わず叫んだ途端、分離した半透明の身体は、そのままもの凄い勢いで宝石に吸い込まれていく。ソウルプリズンが本領を発揮した瞬間である。

ユリアの本体は、今や大地に倒れ伏している。

そして、宝石に吸い込まれつつも半透明の身体は、最後の最後にロザリーを睨み、痛烈に吐き捨てた。

『この卑怯者っ』

「な、なんとでも言いなさいっ」

辛うじて目を逸らさずに言い返したが、どのみちそれが最後だった。

ユリアの魂は完全に宝石に吸い込まれてしまった。


未だに本陣から動かずに戦況を見ていた魔王グレイオスは、もちろんユリアとロザリーの一騎打ちを瞬きもせずに見つめていた。

むしろ、あえて憎むべきユリアに突撃を命じたのは、勇者の相手をしてもらうためだったと言ってよい。全ては降魔教団側が教えてくれた戦の流れであり、計画の一部なのだ。

序盤は、意外にもロザリーが神器に頼ろうとせずに戦い始めたので、やや焦ったが——敵し得ないと悟ったのか、ようやく待望の神器を使用してくれた。

（よしっ。降魔教団の巫女とやらは、確かに大した予知能力を持っていたようだっ）

ユリアの魂がソウルプリズンに囚われた時、声には出さなかったものの、グレイオスは内心で小躍りした。

降魔教団の連中の言葉を信じるなら、これで延命のための準備は半ば以上整ったはずだ。

そして、トゥルミラーが保証してくれる以上、この時点で彼らを疑う道理はない。

ならば後は、連中の暗躍に任せ、自分は退くのみである。

（今だけは、胸くそ悪い教団の思惑に乗ってやろう。延命が成功した時点で、思い知らせてやればよい）

グレイオスは内心の笑みをおくびにも出さず、おもむろに怒声を張り上げた。

「憎むべき人間共めっ。連中は戦いに神器の力を借りおった！　撤退だ、一時撤退するっ」

ぎょっとしたように周囲の臣下達がこちらを見たが、グレイオスは構わず伝令に合図した。

「各将軍達に撤退命令を出せ！　神器の底が知れぬ故、今回は勝ち逃げするとなっ」

そばに控えた伝令達も戸惑いはしたが、魔王の命令は絶対である。

それぞれ短く命令受諾の言葉を述べ、馬で各部隊に知らせるために散った。

もちろん、それ以前に退き笛が高々と鳴り響き、全面撤退を告げていた。

＊＊＊

分離した半透明のユリアが、神器である宝石に飲み込まれてしまうのを、もちろん突撃中の涼も見ていた。

というか、その時には自軍ごと敵陣の中に斬り入り、彼女まであと数十メートル程度の位置にまでつけていたのだ。

ただし、乗っていた馬は激戦の末に敵の弓兵に倒され、今は徒歩で敵陣に斬り込んでいた。

柄にもなく奮闘していたのは、ロザリーとユリアの一騎打ちに何か嫌な予感がして、しゃにむに接近しようとしていたからだ。

この時点で言えば戦況は有利だったので、押し寄せるのにそう苦労はなかったが……肝心の涼の予感は、最悪の形で実現していた。

「神器だと、あれは――どういうっ」

最後の「どういうっ」で、手にした刀を斬り下げ、涼は眼前の敵を薙ぎ払う。

仰け反った敵兵が倒れた瞬間、追いついたグレースが答えた。ちなみに涼同様、彼女も既に返り血を全身に浴びていた。

「神器ソウルプリズンですっ。コマンドワードを発すると、あの宝石の眼前に立つ者の魂を閉じ込めてしまうのですっ」

「じゃあ、倒れた方は抜け殻になったユリアの肉体だな？　そっちはどうなる？」

「……当然、敵が攻撃すれば、容易く刻まれます。魂が抜けているので、もう抵抗できませんから。そして身体が破壊されれば、魂も遅かれ早かれ、いずれは消滅するでしょう」

「なんてことだ！」

涼が顔をしかめると同時に、戦場全体に哀しげな笛の音が響き渡った。

「ぜ、全軍に撤退命令!?」

「なにっ」

グレースを見た涼の顔は、よほど殺気立っていたらしい。

いつも冷静な彼女が、一瞬、絶句したほどだ。

「いや、すまない。別にあんたを責めるつもりじゃない。しかし、撤退とはどういうことだ!?　別に負けてないし、そもそもユリアがあんな状態なんだぞっ」

「わ、私もそう思いますが、あの神器には無尽蔵に敵の魂を捕らえるという噂があり、陛下はそれを心配されたのだと思い……ます」

自分でも納得していないのか、グレースの説明は歯切れが悪かった。

そうこうするうちに、敵軍の方から大歓声が上がり、万歳を叫ぶ声が各所で聞こえた。もちろん、彼らも魔族軍の撤退を察知し、勝利を確信したのだろう。

涼達の眼前に林立していた敵達も、一時的に弛緩《しかん》状態にあり、戦闘は停止していた。

ただし、勝利を本当に確信した時点で、今度はかさにかかって追撃してくるだろう。

「実際に無尽蔵に敵を吸い込むなら、先にそっちを使っているに決まってる！」

涼は前方を睨《ね》めつけ、吐き捨てた。

まだ倒れたユリアの身体は無事だが、あの周囲は敵と味方が入り交じり、戦況は予断を許さない。撤退命令が出たので、魔族軍は潮が引くように退却中でもある。

そこまで見て取って首を振り、涼は決定的な一言を叫んだ。


「なんてザマだ、腰抜けの魔王めっ」


痛烈な批判を口走った上官に対し、グレースは思わずといった調子で忠告してきた。

「涼様っ、どうか抑えてくださいっ。陛下のお耳に入ったら――」

「どうでもいい！」

珍しく涼は途中で遮った。

「決定的に崩れたわけでもないのに、平然と味方を切り捨てる男を、俺は王とは認めないっ。おまえ達も――」

そこで続々と周囲に集まりつつある自軍兵士達を見渡し、涼は宣言した。

「撤退が正しいと思うなら、命令通りに撤退するがいい。だが、あのユリアを助けたいと思う者がもしいたなら、この俺に続けっ。俺は今から、勇者ロザリーに向かって突撃する！」

涼が新たに命令を下した瞬間、周囲がざわめいたが、涼は気にしない。

正面に向き直ると、味方が退きつつあるユリアの方を見て、いきなり大声を発した。

「ロザリー・ナヴァール、俺は貴様に挑戦するっ。逃げずに、そこで待てえっ」

この時、ごくごく一瞬ではあるが、明らかに戦場が静まり返っていた。

一人の戦士が発した声に過ぎなかったのに、確かに全軍がその声を聞いたのである。

＊＊＊

この時、ロザリーは必死で仲間を抑えていた。

というのも、ユリアのシールドが強制解除された途端、四方から味方が押し寄せ、倒れたユリアを殺そうとしたからだ。放置していれば、それこそ彼女の身体に刃がざくざく突き立てられていたことは、間違いない。

「殺しましょう、勇者殿っ」

ただの兵卒でさえ、近付いて叫んでいた。

倒れたままのユリアを振り向き、喚く。

「ここで殺しておくべきですっ。生かす理由はありませんっ」

「今、そんなことで揉めている場合ではありませんっ。まだ戦いは終わって――」

戦場全体に、魔族軍の笛の音が響いたのは、この時である。

もちろん、それが撤退の笛であることは、幾度か戦っている者ならすぐにわかる。当然、ロザリーの周囲がどっと沸いた。

「おおっ！　グレイオスが、悪逆の魔王が退くっ。勝ったぞ！」

「俺達の勝利だっ」

(か、勝ったの!?　まだ戦況がどっちに転ぶかわからないのに！)

ロザリー自身が驚いていたが、とりあえず味方が騒ぐ間に、ユリアのそばまで歩み寄り、脇に立った。放置すれば、いつ殺されるかわからない。

(……殺すにしても、ヴァレンシア王国に戻り、処刑台に送るのが筋のはずよ)

無理矢理自分を納得させたところで、いきなり誰かが大喝する声が聞こえた。

「ロザリー・ナヴァール、俺は貴様に挑戦するっ。逃げずに、そこで待てえっ」

「な、なんですって!?」

胸にずしっと来るような声だった。

ロザリーだけがそう思ったのではない証拠に、刹那の間とはいえ、戦場全体が静まり返っていた。――そして、ロザリーは見る。

見覚えのある少年が、怒濤《どとう》の勢いでこちらに斬り込んでくるのを。

まだ多少の距離はあるが、彼の後に続く魔族戦士も多く、完全に王国軍の勝利に終わったはずの戦場に、再び剣撃の音が満ちていた。

「な、なんだ、あいつは」

追いついてきた副官のキュリスが呻いた途端、さらなる叫び声がした。

「ロザリー様、前方をご覧ください！　ユリアめの部隊が、息を吹き返したように、攻め込んできますっ」

「うっ」

つい今し方、撤退命令の笛の音に意気消沈して崩れかけていた部隊が……ユリア直属の部隊が、再び攻め込んできていた。

「奮い立ちなさい、おまえ達っ」

ユリア直属の臣下であるイリヤが、白銀の髪をなびかせ、槍を振るいつつ叱咤していた。

「涼殿だけに戦わせ、ユリア様に顔向けができますかっ」

「神聖騎士団、支えなさい！　もはや勝利は我々のものっ。今更、敵を勢いづかせるな！」

途端に、彼女の周囲の騎士達が声を張り上げる。

バトルスーツの彼女と違い、こちらはフルプレートアーマーの重装騎士達である。

『ははあっ』

「全軍、突撃！　敵は僅か数千ぞっ」

「行けっ。積年の恨みを晴らせっ」

各騎士隊長が大声で叫ぶ。

「それでいいわっ」

ロザリーは大きく頷き、あの少年の方を見る。

「あとはこちらを——嘘っ」

新たな命令を発しようとしたロザリーは、思わず声を上げてしまった。

つい今し方、まだまだ距離があると見ていたのに、あの少年は容易く味方の兵士達を薙ぎ払い、すぐそこまで来ていた。

目と目があった途端、彼が改めて大喝した。


「俺の名は天野涼っ。今はセブンウォールの一人として、貴様を倒すっ」


「せ、セブンウォールですってえっ」

ロザリーはブレイブハートを再び構えつつも、眉をひそめた。

七名のセブンウォールの中に、あんな少年がいるとは聞いていない。

「無礼者っ、誰を相手にしているつもりっ!?」

涼と名乗る少年に気を取られている間に、キュリスが飛び出した。

「だめ、キュリスっ。その子はきっと手強いわよっ」

「どけえっ」

最後の敵兵を斬り裂き、涼がキュリスの眼前に躍り込む。

「――っ！」

慌てて斬り結ぼうとした彼女の剣を一瞬で跳ね上げたかと思うと、長身が目にも止まらぬ速さで翻る。

「馬鹿なっ――ぐっ」

凄まじい速度で襲ってきた回し蹴りに胸を痛打され、キュリスは万歳の姿勢で後方に飛ばされてしまう。

彼はすぐに疾走を再開し、瞬く間にロザリーに斬りかかった。

「おまえのやり方は、本物の勇者とは思えないっ」

「なんですってえっ」

ロザリーは辛うじて迎え撃ったが、涼の言葉は不可視の剣となって胸を貫いた。

「尋常な勝負だと言いつつ、神器の力に頼ってユリアを罠にかけただろうがっ！」

「そ、それが悪いって言うの!?」

二度三度と、斬り結んだが、ロザリーはこの時点で舌を巻いた。

これは……このプレッシャーは、ユリアと斬り合った時のプレッシャーに、勝るとも劣らないではないかっ。

剣撃はやたらと重く、一撃一撃が守勢に立ったロザリーを追い詰めていく。

何者なのだ、この子は！

「貴方は一体っ」

「注意が逸れてるぞ、自称勇者っ」

叱声と同時に、受けたはずの彼の刀が、一陣の風にも似た速度でロザリーの脇腹を襲った。

「くっ」

慌てて避けた途端、今度は（なんとほぼ同時に）間合いを詰めた彼が、変幻自在の動きでいきなり身を沈める。

しかも、同時に片足が旋回し、見事に両足を掬われてしまった。

「――つうっ！」

容易く倒れたその瞬間、追撃を予感してロザリーはぞっとした。

実際、一瞬、腰の辺りに何かが触れた気がする。

焦って何度も転がってから跳ね起きたが、その時にはもう、彼はあのユリアのそばにいた。今にもロザリーの部下達に殺されそうになっていた彼女を無理に救出したのか、さすがに身体のあちこちから、血を流している。

代わりに、ユリアに群がろうとしていた部下達は、全員が倒れ伏していた。彼の……ほんの一瞬の奮闘で！

涼と名乗った少年は、素早く意識のない彼女を抱き上げ、こちらをじっと見つめる。

「口ほどにもないな、勇者とやら。策を巡らすのも、敵を罠にかけるのもおまえ達の勝手だが――魔族と同じことをやる覚悟なら、自分達のみに正義があるなどと思ってほしくないね。そういうのを、ただの綺麗事と言うんだっ」

「なにを、聞いた風な口をっ」

ロザリーはかっと激して付与魔力で輝くブレイブハートを、突きつけた。

「おまえに何がわかるのっ。ユリアを下ろして降伏しなさ――えっ！」

いきなり、握っていたブレイブハートの感触が消えた。

輝く聖刀は、なぜか彼女の眼前に浮き、そのままロザリーと対峙していた。しばらく浮いていたが呆然とする彼女の前から、ゆっくりと移動を始める。

「ブ、ブレイブハートがなぜっ」

「……俺のところに来るのか？」

今度は少年の前で浮遊していたが、ユリアを抱いたまま彼が柄を手に取ると、一瞬大きく輝いてから元通りになった……ように見えた。

「ブレイブハートが……わたしを……」

見捨てたの？　とはさすがに声に出せなかった。

しかし、ロザリーと涼のやりとりを見ていた側近の誰かが危機を感じたらしく、大声で命令する声がした。

「ロザリー様をお助けせよっ」

この声で、目が覚めたように残った騎士達が殺到してきたが、涼は特に慌てた様子もない。

ただ、ようやく追いついてきた味方の軍勢を見てから、こう述べたのみだった。

「もう勝負はついた……退かせてもらう」

「行かせるものかっ」

「厚かましいヤツめっ」

「殺せっ、ブレイブハートを奪い返して――」

「黙れえっ」

いきなり大喝され、ほんの一瞬、騎士達の動きが止まった。

その機を捉えたかのように、涼は一旦、素早くユリアを下ろし、両手を左右に広げた。


「散るがいい、弱卒どもっ!!」


叱声と同時に、明らかに涼を中心として不可視の力が放たれた。

ようやく替えの剣を手にして近付こうとしていたロザリーは、その瞬間、まさに洪水のごとき力の波動を感じた。

しかし、その時にはまともにその力を浴びてしまい、ロザリーは大勢の味方共々、その場から綺麗に吹っ飛ばされて宙を舞っていた。

(なによ……この力……は)

大地に落ちた時には、既に彼女は意識を失っていた。

# 第四章　自分探しの元高校生、魔王と対決する

アリサ王女は、ダフネと共にゴルゴダス城で今も涼の帰りを待っている。

自分の立場が危ういものであることはわかっているが、涼に渡したマジックアイテムのお陰で、今はお互いに「サイレントボイス」が使える。

これは、ある任意のモノに魔力を付与し、それを媒体として互いに意思のやりとりをする方法だ。今回はアリサが、小さな水晶球を選び、その媒体とした。

お陰で毎晩一度は短いやりとりができるようになり、遠征のあらましはだいたい聞いている。

だからこそ、現在の涼の危うさも、リアルタイムでわかってしまうのだ。

なんと、彼は魔王の撤退命令を無視し、勇者が仕掛けた罠にかかったユリアを助けるため、自分の部隊を引き連れて突撃したらしい。

その後、なぜか連絡が途絶えてしまい、アリサの不安は募るばかりである。

呼びかけは何度もしたが、既に連絡が途絶えて二日目である。

あれほどの実力を持ち、しかもＰＫなどという特殊なギフトを持つ涼が、そう簡単に倒されるとは思いたくないが……ではなぜ連絡が途絶えたのか、説明がつかない。

話を聞いたダフネも、「りょ、涼様は、魔王陛下に逆らったのですかっ」などと口走り、深刻なショックを受けていた。

「では、せめてそのまま逃れてくだされば――」

言いかけ、ダフネはアリサをちらっと見て、口を噤《つぐ》んだ。

まあ、涼が戻らなければ、残されたアリサがどうなるかは、自明の理だろう。それでも、アリサはまだ、絶望はしていない。

もしも無事なら、アリサ達が「帰ってきてほしくない」と思っていても、必ずあの人は帰ってくるはず。だから……。

「涼様の足を引っ張らないように、アリサ達も力を合わせましょう！」

決然と持ちかけると、ダフネは大きく頷いてくれた。

……話がまとまったところで、やけにタイミングよくノックの音がした。

話の内容が内容なので、アリサとダフネは同時に部屋のドアを見た。開けるかどうか迷っている間に、外で声がした。

「私はユリア様の臣下である、エルンストと言う。もう聞いていると思うが、君達のことを頼まれている。……知らせることがあって来たんだ」

「お、お待ちくださいっ」

アリサは慌ててソファーから立ち上がり、ドアを開けた。

長髪のエルンストは、細面の美青年で、魔族とは思えないほどかっちりとしたスーツ姿だったが、今はひどく緊張した面持ちだった。

素早く室内に入ると、自らドアをきっちり閉め、アリサとダフネに向けて、おもむろに語り始めた。つまり、大峡谷付近の戦いにおける、その後のあらましを。

なぜかテーブルに着くこともせず、その場にて語られた内容は、ある意味ではアリサが安堵するものだった……少なくとも、話の前半は。

「ユリア殿を救出した後、涼様達は無事に撤退されたわけですね！」

「ああ。そこまでは我らにとっても喜ばしいことで、だからこそ、涼殿には大きな借りができたと思っている」

深刻な表情を消さないまま、エルンストは言う。

「あの……ユリア殿は無事にソウルプリズンから解放されたんですよね？」

エルンストの顔色を見て、アリサは恐る恐る尋ねた。

「解放されたとも。あの少年は実に器用な男で、勇者と激突した時、相手が一瞬倒れた隙に、神器ソウルプリズンを奪ったのだ。だから、そちらは問題ない。問題なのは魔王陛下、いや、魔王グレイオスの方だ」

あえて敬称を略し、エルンストは首を振る。

「たった今、我らの協力者から入った情報では、魔王めはもうすぐ帰城する。ただし、道中で側近にこう洩らしていたらしい。『命令に背いた咎《とが》で、涼を後継者の地位から解任する』と。今後、涼殿がどうなるかわからないが、こうなると彼に助けられたユリア様はもちろん、君達の立場も大いに危うい」

「そんな！」

立場を考えてか、一人離れた場所で聞いていたダフネが、珍しく義憤の声を洩らした。

「涼様は、正しいことをされたのにっ」

「うん、そうだね。事実、君の言う通りだ！」

訪れてから初めて、エルンストは微笑んだ。

気苦労が重なっているせいか、疲れたような笑みではあるが、笑顔には違いない。

「涼殿は正しいし、言うまでもなく、我が主君であるユリア様にもなんの非もない。むしろ咎められるべきは、ユリア様の危機を無視して真っ先に逃げた、グレイオスだろう」

きっぱりと言い切った後で、エルンストは唇を引き結ぶ。

彼の、ユリアへの忠誠心は王国にまで聞こえるほどなので、無慈悲な魔王に内心で激怒しているらしかった。その証拠に、当然のように続けた。

「ただ、難しい状況なのも事実だ。当然、ユリア様の本領《領地》には、厳戒態勢に入れと指示してある。それと、ユリア様の意識がまだ戻ってらっしゃらないので、あくまで予想だが」

そこで彼は、大きく息を吸い込んだ。

「……最悪、我らと残りの魔族軍とで、戦うことになるかもしれない」

「まあ！」

予想以上に話が大事になってきて、アリサはドレスの胸元に手を当てた。

もはや、コトは涼の安否の問題だけではないのだ。

「ああ、でも君達のことは私がちゃんと責任を持つよ」

アリサの顔を見て、エルンストは慌てて言ってくれた。

「ここへ来たのも、そのためだ。二人で一緒に来てくれたまえ。手筈は整えてあるので、すぐに城から脱出する。グレイオスが帰城してからでは、もう脱出も難しいからな」

「まずお尋ねしますが」

アリサは即答せず、いきなり質問した。

「涼様にサイレントボイスで連絡を入れようとしていますが、応答がないんです。あのお方は、無事なのですよね？」

「もちろん！　まず最初に告げるべきだったな、すまぬ」

申し訳なさそうにエルンストが低頭した。

「応答がないのは、媒体となる球体が破壊されたからだと聞いている。戦闘中の事故らしい。激戦だったらしいので、不思議はないだろう」

力強く頷いたエルンストに、アリサは予想以上にほっとした。

「では、涼様は今後、どうされるのでしょう？」

「それが……」

一転して、実に困ったように言った。

「こちらの配下を介して、サイレントボイスでやりとりしたんだが、彼は我々の城へ来てほしいという要請を無視して、ここへ帰城するらしい。もちろん理由も聞いたが、はぐらかされてしまったな」

「理由の一つは、アリサ達がいるからですね」

「もしや、わたし達のため!?」

アリサとダフネの声が、見事に重なった。

「……そういうことだろうな」

エルンストは微かに顔をしかめたが、しかしその表情には、明らかに隠し切れない称賛が含まれていた気がする。

「頑固な後継者殿には困りものだが、君達を逃がせば、話はまた別だろう。後はユリア様さえお目覚めになれば、全員で我らの本領へ退去できるはず。全てはそこからだよ」

「いえ、おそらくユリア殿がご自分の城へ退避し、さらにアリサ達がここから逃げたとしても……やはり、あのお方はこのゴルゴダス城に戻ると思います！」

日頃に似合わず、アリサは断言した。事実、これに関しては自信がある。

「それは、なぜかな？　そう言えば、先程も『理由の一つは』とあえて限定したが」

アリサはそれには答えず、ただこう宣言したのみだった。

「だからアリサも、涼様を待ってここに残ります！　退去するなら、涼様と一緒ですわ」

そう……今こそ、涼様のお役に立たないとっ。

呆れたように自分を見るエルンストには気付かず、アリサは内心で固く決意していた。

「あの、またサイレントボイスを使えるように、媒体の準備をお願いできませんか？　アリサと涼様の分を」

＊＊＊

勇者とやり合い、神器ブレイブハートを手中にした後で、涼の部隊が戦場から離脱できたのは、まさに奇跡に等しい。

これはもちろん、涼自身が率いていた部隊とユリアの残党部隊が死力を尽くしたお陰だが、もう一人、大いに助けとなってくれた人物がいる。

同じく魔族のセブンウォールの一人、ベルクラムである。

ゴルゴダス城内で出会った貴公子然とした金髪碧眼の戦士だ。彼もまた、魔王の命令に従わず、自軍を撤退させずに戦場に残った一人だったのだ。

ブレイブハートを取り戻そうとして攻めかかる大軍に、ベルクラムが突如として敵部隊の側面を突き、涼達が脱出できる隙を作ってくれた。このお陰で、涼達は途中で脱落者を多く出しながらも、とにもかくにもゴルゴダス城に戻ることができたのである。

ただし、退く途中で涼がベルクラムに丁寧に礼を述べると、この美少年は意味ありげな瞳で尋ねてきた。

「僕の勝手な行動ですから、お気になさらず。……それより、ユリア様はお目覚めですか？」

「ああ。神器ソウルプリズンと身体の両方が揃っていたお陰で、ついさっき目が覚めた。ただ……ちょっと様子が変だけどな」

「変とは？」

「いや、以前に比べてその……妙に俺に優しい」

「なる——ほど」

妙な切り方で答え、ベルクラムは微笑む。

「まあ、どんな女性であろうと、自分のために命をかけてくれた男性を見れば、それは態度も変わることでしょう」

「そ、そうか？　そんな甘い性格じゃないと思うんだが」

控えめな涼の抗議は無視し、この美少年は遠い目で独白した。


「あのお方は、ついにご自分の主君に出会ったのかもしれません」


「は？　誰だよ、その奇特なヤツは？」

眉根を寄せて涼が尋ねたのに、またもや無視された。

「いえ……それで、お二人はユリア様の居城に引き上げるのでしょうか？」

「いや」

馬首を並べて進みつつ、これには明確に首を振った。

「ユリアがそれを望むのなら止めないが、俺自身はこのままゴルゴダス城に帰城する。王女もそっちに残したままだしな」

「なるほど。景品にもらった姫君とはいえ、見殺しにするのはよしとしないわけですね」

およそ無表情で愛想のないヤツなのに、この時はなぜか感心したような口調だった。

「それだけじゃなくて、他にも理由はあるんだが……しかし、あんたも魔王の撤退命令に従わなかったようだが、そっちは大丈夫なのか？」

「いずれ、わかります。……そうだ、これを」

ベルクラムは思わせぶりに微笑してくれたが、なぜか最初から用意していたらしい、小さな宝石を手渡してくれた。

「サイレントボイスに使う、魔法媒体です。元からお持ちだったのは壊れたそうですが、ぜひ代わりにどうぞ。これだけ小さければ、どこにでも隠せるでしょう」

「ふむ？」

涼は素直に受け取った後、そっと相手を見たが、ベルクラムはそれ以上なにも語らない。そもそも、元のが壊れたことは、ゴルゴダス城で待つエルンストにしか知らせていないのだが。

彼とエルンストの間でやりとりがあったということだろうか。

「仮に俺が牢屋にぶち込まれても、夜の話し相手くらいにはなってくれる、ってことかな？」

涼は遠回しに尋ねてみた。

「う〜ん、惜しい！　かなり近いですね」

爽やかな笑顔が返ってきた。

理由を語る気はないらしい。涼も根掘り葉掘り訊くタイプではないので、この時はそのまま礼のみで終わり、あとは真っ直ぐ帰城した。

「でもって、帰ったらこれだ。二度と来たくないと思った場所に限って、また来る羽目になるんだよな」

周囲をびっしりと警護兵で囲まれ、地下牢に連行される途中、涼は聞こえよがしに愚痴ったものである。おまけに、城内が妙に騒がしいのも、なんとなく自分に関係ある気がして、いい気がしなかった。

帰城した直後にささっと兵士達に囲まれ、いきなり連行されたのだから、ロクでもない予想をしても当然だろう。しかも、その警護兵達の指揮役であるレグニクスは、以前、グレースへの案内役を務めてくれた女性ときている。奇遇どころの騒ぎではない。

愚痴が聞こえたのか、先頭を歩くレグニクスが振り返り、申し訳なさそうに低頭した。

「私としても、今回は気が進まない役目です……」

「ああ、気にしないでいいさ。あんたは職務をこなしてるだけだ。諸悪の根源は魔王だしな」

特に声を小さくすることもなく堂々と述べたせいか、周囲の警護兵達がぎょっとしたように涼を見た。

本来ならば注意くらいはしたかもしれないが、今回連行されているのは、涼だけではない。その副官のグレースはともかくとして、なんとセブンウォールトップのユリアに、その側近であるイリスまでいるのだ。

そのユリアが涼に賛同するかのように大きく頷いているので、誰も面と向かっては文句を言わなかった。

レグニクスも特になにも答えなかったが、やがて見覚えのある一際広い、魔法陣が床に描かれた牢に辿り着く。

なんのことはない、以前グレースが押し込められていた、なぜか床にでかでかと魔法陣が描かれた牢だった。

「前に見た、部屋数限定の豪華スイートか。まあ、これも予想通りだな」

涼が平然と頷くと、グレースが珍しく笑みを洩らした。

「涼様は常に落ち着いてらして、臣下の私としては安心できます」

「いやいや、ぜひ狼狽して慌てふためいてくれ。なにしろ、今からぶち込まれるんだし」

おまけに武装解除されているし、せっかく勇者から奪ったソウルプリズンや、ブレイブハートも没収されてしまった。泣き面に蜂である。

帰城することを決断したのは涼自身なので、誰にも文句は言えないが。

「せっかく、ブレイブハートの便利な能力を、幾つか見つけたところなのにな」

「それはどのような？」

興味津々のグレースに、涼は微笑して首を振ってやった。

「今のところは、秘密にしておくよ。取り返したら、実際に見る機会もあるさ」

「はあ……」

「ご不便をおかけしますが……別命あるまでここで待機願います」

涼の軽口に付き合わず、レグニクスが割って入った。

入り口の鍵を開けると、涼とグレースは素直に中へ入ったものの、ユリアは立ち止まった。

当然、イリスも同じく止まり、周囲の警護兵達がそっと顔を見合わせた。

やむなくといった調子で、レグニクスが身構えつつ問う。

「ユリア様、いかがなさいました？」

「今、迷っているのよ」

十六歳バージョンの姿で神秘的に微笑み、ユリアは平然と答える。

「休憩がてら、今は素直に休ませてもらうか……あるいはこのまま、今から大暴れして魔王に挑戦しようかしら、とね」

その場合、最初の犠牲者は決まったわね、という目つきでユリアが周囲を見渡す。

「――なっ！」

ほとんど飛び退くような勢いでレグニクスが間合いを開け、遅れて警備兵達がわっとばかりに下がる。

どうやら彼女の強さを知らぬ者はいないらしく、獣人型や魔人型の別を問わず、全員が額に汗をかいていた。できれば止めたくないという内心の思いが、見え見えである。

その証拠に、警備兵全員が見事にその場から動かない。

「ほ、本気でしょうかっ」

百騎士のレグニクスですら、若干怯んでいたほどだ。

「さあ？」

ユリアはのんびりと応じ、涼をちらっと見る。

意見を求められた気がしたので、そっと首を振ってやった。

「……まあ、今はやめておきましょう」

驚いたことに、涼の合図を見て、ユリアはすぐに表情を改め、自ら牢内に入った。彼女の配下であるイリスも後に続き、最後にレグニクスが慌てて鍵を閉める。

彼女はもちろんのこと、他の警備兵達がその場を引き上げるのも、随分と速かった。

プライドと状況が許せば、身も蓋もなく猛ダッシュで遁走したことだろう。


ともあれ――涼達が牢内へ入ると、広さは十分とはいえ、そこは牢屋である。

座る場所として設置されたベンチはあるが、三名ほどしか座れない。

「あ〜、女性陣はそこに座るといい。俺は床に座るよ」

「いえ、それならユリアが立って」

「とんでもありませんっ」

彼女の側近であるイリヤが、慌てたように止めた。

「私が床でいいです。皆さんはぜひベンチの方へ」

言うだけではなく、素早く自ら座り込んでしまった。

グレースが何か言いかけたが、イリヤの頑固そうな表情を見て、口を閉ざした。

涼は、「俺が床でいいんだが?」と口に出しかけたが、なぜかユリアが自分をじっと見つめるので、やむなく一番先に座った。

その後でようやくユリアも腰を下ろす。

内心で疑った通り、涼が座るのを待っていたらしい。さすがに我慢できなくなり、涼はユリアに向き直った。

「なあ、撤退中も何度も思ったんだが、なんか俺への態度が変わってないか? 隠そうとしてもモロわかりだぞ」

「態度は大きく変わっていますわ、もちろん。そもそも、隠そうとしていませんし」

即答され、これほど驚いたことはない。


「このユリアは……涼様に魔王の資質を見ましたから」


悠然とユリアが続けた。

「なんですと!?」

涼らしくもない素っ頓狂な声が出た。

噴飯物のジョークだな、おいっと茶化しかけたものの、ユリアの薄赤い瞳は痛いほど真剣である。おまけに涼の代わりに彼女の側近であるイリヤが「ええっ!?」と声を上げる始末だ。

もちろん、そばで聞き耳を立てていたグレースは、言うに及ばず。

「……む」

なんとなくこの件は棚上げということにして、涼は咳払いした。

今は、時間が惜しい。

「今はまず、現状を整理しよう。俺は魔王の命令に従わず戦い、そして魔王はユリアを見捨てて逃げた。で、真面目に帰還した俺達は弁明する暇もなく、ここへ押し込められたと」

そこで涼はぐるりと即席の仲間を見渡す。

今更だが、女性ばかりである。

「俺は、ご覧の通り戦利品だったブレイブハートやソウルプリズンを没収され、今はめでたく丸腰状態だが……みんなはどうだ？」

グレースとイリヤは首を振ったが、ユリアは意味ありげに微笑した。

「ユリアの場合、武装解除されようと、あまり関係ありません。引き寄せの術でいつでも出せますし」

「ここの魔法陣はそのための防御だと思うんだが？」

「あいにく、ユリアを抑えるには力不足かと」

頼もしすぎることを述べた後、彼女はじっと涼を見つめた。

「それより我が君」

「……は？」

「えっ」

「なんと！」

涼を含めた他の三名が目を丸くするのを無視して、ユリアは大真面目に尋ねる。

「今は我が君のお考えを知りとうございます。今後、いかがなさるおつもりでしょうか？　それによって、ユリアの返事も変わってきますわ」

「お、俺の考え……？」

天上天下唯我独尊を地で行く少女にそんなことを言われ、涼は完全に意表を衝かれた。

いつになく返事に詰まったのが、その証拠である。

「そう、我が君のお考えです」

ユリアが恭《うやうや》しく低頭する。

「ユリアの役目は、そのお考えをいかに実行するかにあります」

完全に臣下の態度であり、いつもの彼女ではなかった。

イリヤなどは、口を半開きにしたまま、床で固まっている。

至近で見つめ合ったまま、涼もまた、半ば固まっていた。なんとなく、施設にいた頃にテレビで見た、人を驚かす趣向のドッキリ番組を思い出した。

「まあ……最終的には魔王を打倒するつもりだが。あいつに王者の資格があるとは思えないし、どのみち向こうは俺を殺す気だろうし」

小首を傾げながらも己の考えを述べると、グレースとイリヤは驚愕し——そして、ユリアは艶然《えんぜん》と微笑んだ。

「そのお言葉をお待ちしておりましたわ……どうやら、ユリアはついに待っていた日を迎えたようですね」

そう述べると、静かに頷いたのである。

＊＊＊

ユリアの臣下たるエルンストに、『涼様を待ってここに残ります！』と宣言したアリサは、もちろん涼が戻ってきた時点で、まだゴルゴダス城内に残っている。

ただし、渋るダフネを説得して、彼女だけはエルンストに任せて部屋から退避してもらった。

当初、ダフネは嫌がったものの……聡い少女だけに、自分が足手まといになると思ったのだろう。最終的にはアリサとエルンストに従ってくれた。

そして、むしろ予想より遅いくらいだったが、涼が帰城する直前、アリサが待つ涼の部屋へ、どかどかと警備兵が押し寄せてきた。

なぜかまだ帰城していない魔王が、先に伝令を送って命じたらしい。

ただし、事前に入念に計画し、覚悟していたお陰だろう――ドアを破られる寸前、アリサは透明化の魔法を行使し、部屋からこっそり出て行くことに成功した。ここまでは至極幸運だったと言える。

しかし、幸運の女神は突如として大盤振る舞いをやめたらしい。

というのも、どうもアリサ不在を告げられた魔王が厳命したらしく、それ以後は城内を警備兵がうようよすることになったからだ。

どうやら魔王グレイオスは、あくまでアリサを捕まえたいらしい。

(なんてことでしょう！　どうせ殺す気だったくせに、この執着心……もしかして、アリサを涼様への脅しに使う気でしょうかっ)

そこに思い至ったアリサは、是が非でも涼の帰還まで隠れることを決意した。

それに、そもそもこの城に残ったのには、大きな理由がある。

涼と再会して共に行動するのが一番なのは言うまでもないが、他にも「魔王の本心を知る」という大きな理由があるのだ。

城にいた時の涼は、何度か自分の立場の危うさを語っていた。

しかも、グレイオスになにがしかの気持ちの変化が生じたようだと、雑談に紛らわせて教えてくれたこともある。

確たる証拠があっての発言ではなかったが、アリサは涼の能力に絶大な信頼を置いている。

あの方がそう言うからには、『きっと魔王には、涼様を疎むようになった理由が存在するはずですわ』と密かに思っていた。

しかも、出陣間際に神器ネイキッドキングで、涼の戦闘能力を確かめたというのも気になる。

涼が言うには、「初対面の時はそんな神器に頼らなかったのに」と愚痴ってみたが、納得のいく説明はしてくれなかったらしい。

その理由こそが、あいつがそわそわしていた原因なのかもしれない……と後で涼は教えてくれたが、アリサも「なるほど、あり得る話ですわっ」と大いに賛成したくなった。

だからこそ、その理由を探り出すために、アリサは城から退去するわけにはいかなかったのだ。それはきっと、涼の運命を決めるような重要なことだろうと思うから。

しかし、涼が出陣してからこっち、魔王のことを調べるような隙はどこにもなかった。

なにしろダフネが去ってからは、部屋の周囲を常に警備兵がうろうろしていて、ちょっと廊下へ出るだけでも大変だったのだ。

この点、ダフネを先に逃がしたのは、まずかったのだろう……アリサは少しも後悔していないとはいえ。

(でも、アリサまで部屋から消えたせいか、いよいよ警備兵が大勢城内を巡ることになってしまって)

そこまで考えた時、アリサの脳裏に光が差した。

もしかして……涼様の部屋を中心としてこれだけ警備兵が集まっているということは、今、魔王の居室は警備が手薄なのでは!?

既に魔王グレイオスの軍勢は戻っているが、あの男自身はどこで寄り道をしているのか、未だ帰城していない。

噂では、トゥルーミラーを置いてあるせいか、あの男は自分の居室に人が入ることを嫌うそうな。事実、メイド達の室内掃除すら、自分が見ている前でさせるほどなのだ。

（それなら、上手くすれば中へ忍び込んで、魔王の変心の理由が探れるかもしれませんっ）

そう考えたアリサは、その場で決断した。

城内の階段をどんどん上り、最上階の魔王の居室へと向かったのである。

途中、なぜか部屋も廊下もない、がらんとした空洞のごとき異彩を放つフロアがあったものの、特に障害もなく、無事に最上階まで行けた。


幸運にも、アリサの予想は当たったらしい。

最上階に至る最後の階段の前に、数名の警備兵がいるにはいたが——そのうち、誰かが増援要請でもしたのか、使いが来た途端、全員がその場から駆け去ってしまった。

まず間違いなく、アリサを探すためだろう。

（まだ透明化の魔法も行使中だし、大丈夫っ。さあアリサ、今のうちにっ）

アリサは勇気を振り絞って最後の階段を上がり、魔王の居室へと侵入を試みた。幸い、ドアにかかっていた鍵は、アリサが知る解錠の魔法でなんとかなった。

これも、涼がマジックロッドを取り戻してくれたお陰で、魔力の集中が容易だったからだろう。ロッドなしでは、まず失敗していたはずだ。

ここまで怖いほど順調に進んでいる。

……恐る恐る入った室内は、驚くほど広大であり、巨大な柱が何本も天井を支える場所だった。他の階の部屋も天井が低いとはいえないが、ここはまた格別である。

どう見ても、大人五名分ほどの高さがあるのだ。

知らずに入ると、「どこかの聖堂でしょうか？」と思ったかもしれない。

まあ、最上階全てが居室ともなれば、それで普通かもしれない。実際、魔王はここで寝起きもしているらしく、広間のあちこちに私物や家具が点在し、天蓋《てんがい》付きの巨大ベッドまで片隅にあった。

一際目立つのは、広間の北側にでんと据えられた、カバーがかかった「なにか」だろう。

おそらくアレが、トゥルーミラーに違いない。

(でも、カバーを外すと、鏡が魔王に告げ口しそうですわ……)

懸かっているのは自分の命だけじゃないのだから、迂闊なことはできない。涼様のためにも早くなにか証拠を見つけないと！

神器のことは無視しておくことにして、アリサはまず、ぐるりと居室内を見渡す。

まずは一番怪しそうな執務机の方へ歩み寄った。

グレイオスの体格に合わせてか、見たこともないほど巨大な机だったが、アリサは構わず次々と引き出しを開け、中を改める。

宝石箱に詰められた大粒の宝石や、それにアリサですら用途の知れない魔導具と思われる不気味なアイテム、さらには今どき羊皮紙で綴った古い書物など、得体の知れないものばかりが出てくる。

言ってみれば全てが怪しいが、しかし涼に関係あるかどうかというと、微妙な気がする。

アリサは長期戦を覚悟したが……あいにく、時間の方が待ってくれなかった。

途中、サイレントボイスで涼から連絡が入り、ついに彼が帰城したと知れたのは朗報だったが、まずかったのは、その少し後だ。

涼と長話をしたい誘惑を堪え、アリサは夢中で出てきたアイテムの類いを調べていたのだが、ふいに階段の方から声がしたのだ。

しかも、聞き覚えのある蛮声が。声を低めもしていないので、否応なく聞こえる。

……相手は最悪である。

(ま、魔王グレイオスっ。いつ戻ったの!?)

アリサは夢中で周囲を見る。

もちろん、隠れる場所ならたくさんあるし、今からまた透明化の魔法も再度使うが……ただ、その場合はもし魔力探知などの方法を使われると、一発でバレてしまう。いや、そもそも人の臭いに敏感だという魔族が相手だ。それ以前になにをしようと見つかるのかもしれない。

しかし当然、素直に彼を待つなど論外である。

階段を上る複数の足音がいよいよ近付き、アリサは引き出しを元通りに閉めた後、急いで近くの柱の壁に隠れた。

おそらく、隠れた次の瞬間にはもう、ドアが開いてグレイオスが入ってきていた。

「お主達の言う通りにコトが進んだな」

　騒々しい足音がトゥルーミラーのそばまで近付いた。

「ユリアと涼は、ユリアの所領にも寄らず、連れ立って帰城してきた。まさかそこまで愚かとは思わなかったが、どうやら予が、戦場での無礼を罰するはずがないと思っているらしい。必ず逃げるだろうと思っていたので、寄り道していたこっちは、ほとんど連中と同時刻の帰城となってしまった。そうと知っていれば、予もお主のところへ立ち寄らなかったのだがな」

「いえ……私の方こそ、突然の陛下のご訪問に驚きましたよ。それで、問題の少年とユリアは確保済みですか？」

「うむ。既に武装解除して、地下牢へぶち込んであるとも。……もう一人、ベルクラムの撤退が遅かったのも気に入らぬが。まあ、まずはユリアとあのガキよ」

（ああ、涼様！）

　もちろん、最初の声はグレイオスのものだろう……そしてもう一人、彼よりはよほど密かな足音も。アリサがこっそり覗くと、陰気なフード姿の男が、グレイオスの背後にいる。神に仕える信徒のように地味な姿だが、あいにく正体はわからない。

「おまけに帰城の途中で、シャリオン教団からの使者が予を追いかけてくるとは思わなかったぞ。しかもその口上が、『貴軍に奪われたブレイブハートと、当方の魔族軍捕虜を交換したい』だったので、危うく声が洩れそうになったわ」

「だから、申し上げたではありませんか。生け贄達と同じく、ブレイブハートも必ず陛下のものとなる、と」

(ぶ、ブレイブハートですって！)

名高い神器が涼の手に渡ったことは、サイレントボイスで連絡を受けているため、アリサも既に知っている。思わず口元に手をやったが、二人の会話はまだまだ続く。

「……ふん。以前、お主にそう予告されはしたが、まさかと思うのは人情であろう？　しかも、教団の使者が言うには、例の女勇者を交渉のまとめ役として送るという……都合がよすぎる話で首を傾げたが、『そういうわけで、そちらの帝都にある、転移魔法陣の使用許可をお願いしたい』とまで言われると、信じる他はないようだ」

くっくっくっ、と不気味なグレイオスの含み笑いがした。

「王国とシャリオン教団めは、まるで放置すれば予がブレイブハートをへし折るとでも思っているようだ。想像以上にコトを急いだようで、もうすぐ女勇者も我が城を訪れることになっておる……焦っているようだのぅ」

上機嫌なグレイオスの独白には直接答えず、もう一人が尋ねた。

「……なぜ陛下の帝都に、シャリオン教団管理の転移魔法陣があるので？」

「ふむ？　そう言うからには、そちらの事情は降魔教団も知らぬと見えるな、ジェイとやら」

(こ、降魔教団っ)

あり得ない名称を聞いてしまい、またしてもアリサは柱の陰で息を呑んだ。

千年も昔に、滅んだはずですのにっ。

「我が教団は別に万能ではありませぬよ、陛下。それで、教団の転移魔法陣の件ですが――」

「ああ、別に教えるにやぶさかではない。どうせもう、今回を限りに敵にも使わせぬ。ロザリーとやらが交渉のために転移してきた後、魔法陣は破壊する」

グレイオスはそう断りを入れた後、少し前にアリサを救出するため、帝都内のシャリオン教団の隠れ家が、敵に使用された話を説明していた。

「我が方の裏切り者共はもう始末したが、帝都にあったそやつらの屋敷はあえて放置し、今も見張っている最中であった。最後に予のために勇者が送られてくるというのなら、まあ文句もないが」

「左様でしょうとも」

おもねるようなジェイとやらの声がする。

「そしてこれでようやく、陛下のお手元に儀式の生け贄となる三名が揃うわけです。どうか、約束をお忘れなきよう……」

（約束!?）

アリサはまた、意識して耳を澄ませる。これは……なにか涼に関係ある気がする。

「こう見えて、予は義理堅い方でな。ちゃんと、お主を迎えに立ち寄っただろうが？」

「はい……実は、わざわざ教団まで陛下のお出迎えを頂き、驚きました」

「当然のことよ。儀式の信憑性を確実に知るためにも、最初からお主には付き合ってもらうつもりだった故な」

グレイオスの声がやや不機嫌になった。

「だいたい、まだお主には生け贄に使う三名のことは洩らしてないはずだが」

「それも我が方の巫女のお陰ですよ、陛下」

慇懃《いんぎん》なジェイの声が答える。

「陛下の寿命を延ばすために使われる生け贄は、あのユリアと勇者ロザリー、それに例の異邦人の少年……その神託を既に我らは受けております。事前にお話ししなかったのは、礼儀としてでございまして」

「ふん！　今話しても同じことよっ」

聞いているアリサにとっては、グレイオスの不機嫌さはもはやどうでもよい。

どうも魔王は、なんらかの原因で死が近付いていて――しかも自分の延命のために、降魔教団の口添えで、怪しい儀式を執り行うらしい。これだけでもとんでもないことなのに、なんと生け贄として涼やロザリーが使われるらしいのだ。

（は、早く涼様にお知らせしないとっ）

今こそ、サイレントボイスを使うべきだが、既に透明化の魔法で魔力を使用している上に、さらに魔力を使うのは得策ではない。アリサの実力なら、それでも洩れる魔力など微々たるものだが、魔王なら探知する可能性もある。

どうしたものかと密かに思案するうちに、アリサは再度の驚きに打たれた。

「まあ、お主達の無礼は忘れてやろう。なにしろ、予に大事な儀式の方法を教えてくれたばかりか、事前に予告してくれた通り、ソウルプリズンまで入手できた。いかにユリアと言えども、この神器には手も足も出なかったことが、証明されているしな」

神器ソウルプリズンが、グレイオスの手にあるですって！

サイレントボイスで聞いた途中経過では、あれは涼様が勇者から奪ったはずなのに。となると、グレイオスの手元には、既に二つの神器があるということになる。

では、もはや涼様は拘束されているということだろうかっ。

アリサは大いに心配になったが、今はまず先にやるべきことがある。

それならなおさらのこと、その神器を見ておかねばならないっ。

意を決し、アリサは柱の陰からそっと二人を覗き見た……もちろん、ソウルプリズンの実物をこの目で見るために。

しかし、まさに顔を出そうとした直前、ぼそりと降魔教団の男が呟いた。

「失礼ですが陛下。……先程から、妙に人の気配がしませんかな？」

＊＊＊

地下牢にぶち込まれていた涼達は、おおむね平穏な一日を過ごしていたが、その間、もちろん涼とてただ暇をつぶしていたわけではない。

いや、休息を取るつもりはあったが、現状確認は怠っていない。

当然ながら、涼は真っ先にサイレントボイスでアリサに連絡を取った。

お陰で、今やあの王女様が城内に潜んでいる状態だとわかったのだが……涼が詳しく訊いたところ、肝心な部分は見事にはぐらかされてしまった。

どうも、打ち明けてくれた以上の危険な行動を取っている気がしてならない。

「こりゃ、早めにここから出た方がいいかも——」

独白した涼は、ユリアが自分の肩口の辺りにそっと触れた気がして、右隣を見た。

「どうかしたか？」

……いつの間にか、涼とぴったりくっついて座っているユリアに問う。

彼女の髪の香りまでほんのり漂う距離である。

「いえ……肩に埃がありましたので」

小首を傾げて微笑した。

「お、おう……」

胡乱《うろん》な返事になってしまったが、それも無理もないと涼は思う。

いつも切れ長の目でじろっと睨まれていたのに、今やユリアの瞳には星が煌めいている気がする。夢見る少女といった風情で、全然いつもの様子ではない。

涼だけがそう思っているのではない証拠に、見てはいけないものを見たような畏怖の表情で、グレースが様子を窺っていたし、イリアなどは口を半開きにしている。

一体、どうしたのかと思うような変わりようだ。

「時に、涼様」

ユリア一人が、何事もなかったような顔で続けた。

「なにかお困りことや、お望みなどがありましたら、これからはなんでもユリアにお申し付けくださいね。涼様のご希望は、全てこのユリアが承りますから」

ギャグだと思いたいところだったが、笑顔とはいえ、ユリアの目は真剣だった。

これは……やはりちゃんと話し合った方がいいような。

さすがにそう思った涼は、「あのさ――」と言いかけたが。その瞬間を待っていたかのように、サイレントボイスの声が脳裏に聞こえた。


『涼様っ、お逃げくださいませ！　今アリサは魔王に見つかりそうになって――』


「どうした、アリサっ」

反射的に、涼は声に出して立ち上がった。

しかし声はそこで途切れてしまい、後はどれほど呼びかけようと返事がなくなった。

「くそっ。多分、魔王の居室に忍び込むとか、無茶をやらかしたな！」

皆が注目していたので、涼は早口で通信の内容を説明した後、特にユリアを見た。

「見つかりそうになってということは、まだ見つかっていないわけだ。アリサの危機を救う手っ取り早い手段を思いついたけど、一応、先に訊いておくよ。……ユリアの意見は？」

先輩格の戦士を立てるつもりで涼が持ちかけると、ユリアは即答してくれた。

「我々がここを脱出して城内を攪乱《かくらん》すれば、グレイオスの注意は大いに削がれるかと」

「気が合うな！」

涼は久しぶりに破顔した。

「俺と同じ意見じゃないかっ」

「では、今すぐに？」

ユリアは既に、ベンチから立ち上がっている。

涼が頷き、「ここは一つ俺のギフトで」と言いかけたのだが……その時にはもうユリアがつかつかと鉄棒部分に近付いている。

小さな手で太い鉄棒を掴んだかと思うと、ふいにぐっと力を入れた。

途端に、涼達の足元で魔法陣が輝きを放ち、鉄棒に青白い火花が散る。電撃がくまなく鉄棒を走り、ユリアを襲った。

「——非常時の罠がっ」

イリヤが慌てたように叫んだが、ユリアは振り向きもせずに命じた。

「静かに。この程度の付与魔法攻撃、ユリアには通じないわ」

言葉通り、なんと彼女は間断なく電撃が襲う中、平然と力を入れ続け、悠々と太い鉄棒を曲げてしまった。

ロクに力を入れた様子すらなく、涼ですら感嘆の声を洩らしたほどだ。

「これでは、警報代わりの魔法陣も、なんの役にも立ちませんね」

輝きが消えた床の魔法陣を見て、グレースが呆れたように首を振った。

「しかし……武器はどうされます？　我々は魔法がありますが――」

心配そうにこちらを見たので、涼はことさら笑顔を広げ、たっぷりと白い歯を見せつけてやった。

「いやぁ、俺のことなら心配ない。ずっと隠してたギフトもあるし。それに、そもそもソウルプリズンはともかく、ブレイブハートは自らの意志で俺の元へ来たんだ。だから、な？」

あとはわかるよな？　的な目つきで皆を見たが、感心したように頷いたのはユリア一人というていたらくである。

「……わからなきゃいい。とにかく、急いでここを出る！」

号令一下、涼達は早速、地下牢から脱出した。

＊＊＊

「失礼ですが陛下。……先程から、妙に人の気配がしませんかな？」

ジェイと呼ばれる陰気な男がそう述べた時、隠れていたアリサは飛び上がりそうになった。

ちょうど、顔を出して神器ソウルプリズンを見た時でもあったし、それに魔王グレイオスならともかく、まさか同じ人間に見破られるとは思わなかったからだ。

すぐさま顔を引っ込めたので、ギリギリで見られずに済んだが、それにしても危ないところだった。なぜなら、「ふむ？　お主もそう思うとなると、予の気のせいではなかったのか」などとグレイオスが呟いたからだ。

居室内は静まり返り、二人の気配があちこち見て回っているのがわかる。

冷や汗をかいたアリサは、まず真っ先にサイレントボイスで涼に連絡を入れた。


『涼様っ、お逃げくださいませ！　今アリサは魔王に見つかりそうになって――』


いざとなれば声に出さずともメッセージを届けられるのが、この補助魔法の利点なのだ。

しかし、脳裏で伝えようとしたメッセージの途中で、やたらと重厚な魔王の足音が聞こえた。

体重のせいか、いやに耳に響く。

（み、見つかっちゃいますっ）

せめて、なんとかしてもっと隅っこの、違う柱に隠れたいものだが……その隙がない。今動けば、おそらくモロに姿を見られてしまうような予感がある。

凍りついたように動けないまま、彼らの声がどんどん近付いてくる。

「気のせいかもしれないですな……特に異状はないようで。私は神経質なところもありますので、余計なことを言ったようです」

「まあ、そう決めつけるな、ジェイ。予も少し気になっていたのだ。この際、室内を全て見ておこうぞ」

(ああ、もう駄目っ)

ついに一つ後ろの柱にまで魔王らしき足音が近付き、アリサは手にしたマジックロッドを強く抱き締めた。

後は、相手がこちらへ来るのとタイミングを合わせ、なんとかこっそり柱を回り込んで隠れるしかない。しかし、それもジェイという男が余計な位置に立っていなければの話だ。

祈るようにアリサが目を閉じた時、どこか……そう、遥か階下から、喧噪《けんそう》が微かにした。

明らかに大勢が騒ぐような声に、怒声や悲鳴も。

「なんだ、なにがあった?」

アリサが隠れる柱のすぐ裏側から、グレイオスの訝しい声がして、扉の方へ向かう足音がした。おそらく、衛兵でも呼んで確かめるつもりだったのだろうが、先に外から焦った声がした。

「陛下、陛下はいらっしゃいますか!」

「予はここだ。入るがよいっ」

グレイオスの声とほぼ同時にドアを開ける音がして、警備兵が叫ぶ。

「ち、地下牢が破られたと、今報告がありましたっ。囚われの身だった連中が全員脱出し、一階で暴れておりますっ」

「逃げただとっ。陥穽《かんせい》魔法陣は破られたのか！　ユリアめっ」

すぐに犯人の目星が付いたらしく、グレイオスは歯軋りしていた。

「こうしてはいられんっ。ジェイ、お主は他の部屋で一時待機せよ。それからおまえっ」

警備兵に指示する声がすぐに続く。

「二つ下の階――つまり、十一階の奥の部屋まで、なんとか連中を誘導するのだ！　元より予は、そこで決着をつけるつもりだった故にな。当然だが――」

そこで一拍置き、割れ鐘のような声で命じた。

「相手はユリアとはいえ、決して怯んで取り逃してはならんっ。怯えて逃げる者は、予が直々に斬るっ。よいな！」

「ははあっ」

慌てたように走り去る警備兵の足音が遠ざかり、それからすぐにグレイオスとジェイの足音が続いた。

ドアが閉まる音がして、にわかに居室内が静まり返ってしまう。

（涼様……きっとアリサのために、グレイオスの目を逸らそうとしてくださったのですね）

たちどころに涼の意図を見破ったアリサは、胸が熱くなり泣きそうになってしまったが、慌てて首を振り、最初に調べていた執務机の方へ急いだ。

まだ、ここから逃げるわけにはいかないのだ。

涼様と……そして自分のためにも、やるべきことが残っているわ。


「うっとうしいぞ、どけえっ」

大喝する声と同時に、涼が左右に手を伸ばす。途端に、四方から殺到してきていた警備兵達は一斉に宙を舞い、広々としたホールの隅までふっ飛ばされていた。

「やー、雑魚散らしに便利なギフトだよな、これ」

戦闘中にもかかわらず、涼は陽気に述べたが、返事は仲間達の驚愕の視線だった。

いや、ユリアのみはひどく嬉しそうに破顔していたが、イリヤとグレースの顔たるや、宇宙人を見つけたような表情である。

「……なんて顔するんだよ、おい」

「戦の時と合わせ、これで二度目ですわね。呪文《ルーン》の詠唱がなかったですが？」

グレースが呆然と述べると、イリヤも激しく首を振って続けた。

「ユリア様ならともかく、他にもそのような力を使える方がいるなんて」

「おお、あんたは使えるのか？　なら仲間だな、仲間」

素早く、そばに倒れた兵士から剣を奪った後、涼が笑顔でユリアを見ると、彼女もまた、トロけそうな笑みを見せてくれた。

「ユリアも涼様の御力が見られて、嬉しゅうございます。それと……今後はどうか、呼び捨てでお願いします」

「そ、そうか？　あんた――じゃなくて、ユリアがいいならそうするが」

ためらいがちに答えたところで、新たな兵士達のざわめきが近付く。

兵舎から増援が呼ばれたらしく、本格的な……もはやちょっとした軍勢にも見える部隊が、息せき切って出口の方から走ってくる。


「ぜ、全員を捕らえろっ」

「陛下のご命令だぞ、逃げた者は斬るそうだ！」

「……くっ」


勇ましい掛け声の割に微妙に腰が引けているのは、おそらく何事もなかったように立つ、ユリアが原因だろう。魔王が最も畏れる戦士と密かに呼ばれるほどだから、一般兵士達が恐怖を感じるのは当然である。

「……こっちへ！」

涼は率先して走り出し、剣を片手に階段の方へ急いだ。

上手くすればこの陽動でアリサは逃げられたかもしれないが、いずれにせよ、涼自身が魔王に用があるのだ。

「上へ逃げたら、逃げ場がなくなるのでは!?」

後に続くグレースが指摘したが、涼は即答した。

「俺は元々、魔王を倒すつもりでいるんだって！　仮にアリサのことがなくても、魔王に三行半《みくだりはん》を叩きつけ、ついでに今までのお礼にぶちのめし、こっちから後継者の地位を返上するつもりだったからな。当然、ヤツの性格として、その場で俺を殺そうとするだろうが？　となると、戦う以外の道はないってことだ」

「地下牢で仰ったことは、本気でしたかっ」

「失礼なっ。俺はいつだって本気だ！」

階段を駆け上がりつつ叫び返すと、後ろの方からユリアの笑い声が聞こえた。やたらと楽しそうで、釣られて涼までちょっと笑みが洩れたほどだ。

「ははは。さて、魔王はどこで縮こまっているか、ねっ」

最後の「ねっ」を口に出したところで、涼は階上に上がった途端に駆け寄ってきた、警備兵に剣撃を浴びせる。

「ぐっ」

ただし、剣の峰部分で相手の額を打ち、気絶するに留めてやった。

白目を剥いて倒れたそいつを見もせず、さらに階上へ駆け上がる。少なくとも、まだ近くにグレイオスの気配はない。

「我らの背後から、山のように警備兵がっ」

最後尾から、イリスの叫び声がした。

確かに、階下からさらに増援が押し寄せる気配がある。怒声と罵声が満ちる喧噪《けんそう》も。気にした様子もなく、ユリアが応じた。

「それでいいのよ、イリヤ。魔王はおそらく、我らをどこかへ誘導しようとしている」

(鋭いな、さすがに)

涼は密かに感心した。

まさに涼自身の意見と同じだったからだ。

「ならば、なおのこといい」

益々走る速度を上げげつつ、涼は叫び返した。

「向こうが俺達を待っていてくれるなら、ちょうどいいさ！　少なくとも、階上へ急ごうとする限りにおいては、大した邪魔は入らないということだ」

実際、少し前から、追っ手は背後からのみ来ている気がする。

罠であることは言うまでもないが、魔王さえ出てきてくれるのなら、涼に文句はない。

……そして、その罠はどうやら十一階にあるらしい。その階に至った途端、がらりと様子が変わったからだ。

まず、さらに上の階へ上がる階段が、全く見当たらない。

このフロアは廊下もなければ個別の部屋もなく、呆れたことに見渡す限りの広間であり、円筒形の柱が林立して、天井を支えている。

周囲の窓は幾つかあるが、数は十分とは言えず、フロア全体が薄暗かった。

「ここが行き止まりってわけじゃないよな？　まだ上の階があるはずだ」

「普段のグレイオスは、この階より下までしか臣下の来訪を認めていませんが、さらに上へいく階段なら、この広間の反対側にちゃんとあります」

涼の横に立ったユリアが教えてくれた。

「それはともかく、この石床に書かれた呪文《ルーン》については、ユリアも初めて見ますわ。最近になって書かれたようですね」

「ルーン？　おお、確かに」

最初は模様かと思っていたのだが、言われてみれば、床全体にびっしりと文字が書き込まれている。涼としては、どうもこれも罠の一つである気がしてきた。

「涼様っ。背後から追っ手が迫っています！」

律儀なグレースが報告してくれたが、どのみち涼が答える前に、広間の奥から足音がした。

涼が自ら近付くと、案の定、魔王グレイオスその人だった。

「衛兵共っ、この広間に入らずともよいっ。階下で別命あるまで待機せよっ！」

『は、ははっ』

指揮官クラスの声がして、ぞろぞろと引き上げる足音がした。

ただし、魔王の背後からは十名ほどの戦士集団がひっそりと彼に従っている。

「そんな大仰に警備の兵なんか付けなくても、いきなり噛みついたりはしないぞ？」

涼が軽口を叩くと、薄笑いを浮かべていたグレイオスの頬が強張った。

「……生意気な男め。予がおまえごときを恐れていると言いたいのか？」

「やあ、それはわからないが、どう見ても格好が大げさだし」

涼はわざとらしく、いつになくフルプレートアーマーを纏うグレイオスを、じろじろと見やる。露出しているのは頭部だけであり、今から合戦でもやらかしそうな装備だった。

「俺はともかくとして、ユリアは怖いんだろうなぁと思うが？」

背後でグレースとイリヤの息を呑むような気配がしたが、涼は口を噤《つぐ》まない。だいたい、わざわざこいつと対面したのは、言いたいことがどっさりあったからなのだ。

「魔王グレイオス、そっちにはもうその気はないようだが、俺も言っておくことがある。あんたのやり方は、とてもじゃないが王者とは思えない。魔王の資格などないと思うし、あんたに譲られた玉座など、御免被る！」

「よくぞ言った、こわっぱ！」

さすがに激高したグレイオスが前へ出ようとすると、素早くユリアが間に入った。

未だに十六歳程度の姿のままだが、それでもグレイオスとの身長差は、彼女が見上げるがごとくである。にもかかわらず、ユリアの口調には恐れなど微塵《みじん》もなかった。

「殺し合いの相手が欲しいなら……ユリアがここにいるわよ、グレイオス」

「その態度……貴様、やはり予に反逆するつもりか」

グレイオスの声が軋んだ。

「おまえは、戦場でユリアを見捨てた上に、人間達と繋がっていた」

淡々と発した言葉だったのに、グレイオスの肩が一瞬、動いた。

「おそらく、敵となんらかの裏取引でもしたのでしょう？　ユリアに迎撃を命じたタイミングが、あまりによすぎたものね。それに、ユリアだけ控えめな兵力を出すよう命じたのも、今となれば偶然とは思えないし、素早すぎる撤退も同じよ。……故に、ユリアもまた、おまえに情けをかけるのをやめるわ。このユリアを怒らせるとどうなるか……十分に考えなかったのは、愚かだったわね？」

肺腑《はいふ》を抉《えぐ》るような静かな迫力に満ちており、涼ですら「ああ、やはりこの子は別格だな」と思ったほどだ。

しかし、逆にグレイオスは、不思議と落ち着きを取り戻していた。

「果たしていつまでそんな口が利けるか、見てやろうぞユリア」

言下に、虚空に手を入れて何かを出そうとする。

ブレイブハートか、あるいはソウルプリズンだろう。どちらも涼から取り上げたものだが、可能性としては後者が高い。

（させるかっ）

涼が率先して動こうとしたその時、聞き覚えのある声がした。

「魔王グレイオス殿っ、これはどういうことです!?」

「むっ？」

予想通り、神器ソウルプリズンの宝玉を手にしたグレイオスが、眉根を寄せて階段の方を見る。兵士のざわめきがして、勇者ロザリーと……副官格のキュリスが連行されてきた。

周囲をびっしりと兵士に囲まれて。逃亡を警戒されたらしい。

「我々は、王国側の使者として来ているのですよっ。しかも、まだ到着したばかりです！」

ロザリーの訴えを綺麗に無視して、そばの兵士が魔王に敬礼した。

「ご命令通り、城門をくぐった直後に連れて参りました」

「ご苦労。予想以上に早かったな、褒めてつかわす」

「ありがたき幸せっ」

短いやりとりの後、満足そうに頷くグレイオスに、涼はずばり告げた。

「あんたの寿命を延ばす手が見つかったか？　呆れたことに、かなり邪悪な手みたいだが」

「寿命っ」

「寿命ですか！」

「まさかっ」

ユリア以下、グレースとイリスの声が見事に重なった。

「そう、寿命。俺が最初に本人から聞かされた話じゃ、グレイオスは間もなく病で死を迎える予定だったらしい。しかし、途中で急に態度が変わったんで、なんらかの回避策が見つかったのかと思ったのさ」

「……貴様」

手にしたソウルプリズンを握りしめ、グレイオスが睨みつける。

「よくぞ、ぺらぺらと話してくれたものだ」

「先に信義を破り、理由もなく俺を捕縛したのはあんたの方だろ？　神聖騎士団との戦の件じゃや、むしろ恩賞くれてもバチは当たらないと思うんだが？」

涼はわざとらしく、肩をすくめてやる。

「後継として必要だと思えば他人を呼びつけ、もはや用ナシだと思えば、自分の利益のために、敵や臣下まで利用し、他人の命を延命のために使い捨てる……悪いが、やはりあんたには王者の資質はないいね」

「貴様、なぜそこまでっ」

思わず口を滑らし、グレイオスがはっとした顔を見せた。

涼にすれば、サイレントボイスでアリサから聞いた内容を開示しただけなのだが、意表を衝いたのは確かだろう。

「裏にいるのは降魔教団とやらだろ？　忠告しておくが、高利貸しに借りを作ると、後が怖いんだぞ？」

「黙れえっ」

大喝したグレイオスは、とうとうソウルプリズンを握った手を開く。

しかし、いざ神器を発動する前に、また新たな声がした。


「これは尋常ならざる話ですね、グレイオス陛下」


涼達はおろか、ロザリー達まで意表を衝かれ、一斉にそちらを見た。

見れば、涼達が来たのとは反対方向から、マント着用の金髪の少年がやってくる。男とは思えないほどの線の細い美貌で、澄んだ空のような瞳をしていた。

セブンウォールの一人、ベルクラムである。

「寿命の話はともかくとして、降魔教団ですって？　彼らについては、あまり良い噂を聞かないのですけどね」

「ベルクラム、まさか貴様もユリアに荷担して——」

「僕を見損なわないで頂きたい」

きっぱりと言われ、グレイオスは苦い顔で黙る。

「もしも陛下に魔王たる資格なしと思えば、誰に言われずとも、僕個人で立ち上がるでしょう。しかも、僕は今ちょうど、そういう気になりかけています」

　わざとらしくグレイオスが手にするソウルプリズンを見つめ、ベルクラムは言う。

「どうも陛下はお忘れのようですね。そもそも、我が魔族は完全実力主義です。血筋が関係ないとは言いませんが、基本的には最強の戦士が玉座に着くべきでしょう。……なのに今、陛下は戦功ある後継者を、よりにもよって神器で拘束しようとしている。一度は後継者と決めたのでしたら、せめて武器を手にして戦ってはいかが？」

　気を呑まれたのか、しばらく沈黙したグレイオスは、ことさらゆっくりと深呼吸などした。

「似合わぬ長広舌を振るったな、ベルクラム。悪戯に舌を動かしおって。だが、今回はあえて乗ってやろう。兵士達の目もあることだ」

　言いつつ、グレイオスはちらっと、階段のすぐ上まで来て覗き見している警備兵達を見た。

「おまえの言う通り、たまには予の力を見せるのも一興だろう」

　そこで神器を仕舞おうとしたので、涼は急いで口を挟んだ。

「おい、せめてそれは見えるところに置けよ。正直、あんたは一ミリも信じられん。一騎打ちに異存はないが、負けそうになったらあっさり神器を使いそうな予感がする」

「くっ」

「ううっ」

　グレイオスはもちろんのこと、兵士に囲まれたままのロザリーまで、呻き声を上げた。

「生意気な人間めっ」

「なによっ。わたしへの嫌みかしら、それっ」

二人に刃のごとき目つきで睨まれたが、涼が特にグレイオスを平然と見返すと、さすがの彼も忌々しそうに大股で歩き、窓枠部分にソウルプリズンを置いた。

ちなみに、この世界は西洋で言う中世とは違い、ちゃんとガラスの嵌まった窓がある。

神器ソウルプリズンは、その窓のレール部分に置かれていた。

「これで文句はあるまい？　誰からも見えるであろう？」

「ああ、いいさ」


「よくないですっ、戦うならこのロザリー・ナヴァールと戦いなさいっ」

「涼様、元魔王はこのユリアが」


奇《く》しくもロザリーとユリアの声が重なり、涼は密かに苦笑した。

「いや、俺は彼と戦うために、わざわざ戻ってきたんだ……悪いが、譲れないな」

「貴方は、普通の人でしょう！」

「だが、おまえに負けなかったと思うが？」

ロザリーの抗議に、あえて柔らかく言い返す。悔しそうな顔はされたが、さすがに言い返されなかった。

対して、ユリアはしっとりした声で言う。

「涼様……そこまで仰るなら、ユリアはお止めしませんわ。ですが、せめて武器をお持ちください。なんでしたらユリアが提供して」

「いや、その必要はない。なぜなら、俺にはブレイブハートがあるから」

「あれは今や、予のものだっ」

「わたしのですっ」

グレイオスが吠え、ロザリーが憤慨して叫ぶ。

しかし、涼は特に気にせず、静かに右手を上げた。

「神器ブレイブハート……我が元へ……来い！」

途端に、涼の手を中心として光芒《こうぼう》が生まれ、それらが見る見る名高い刀の形となって収束した。光が収まった後、こっそり窺う兵士達から一斉に声が洩れた。


「神器……ブレイブハート！」

「一桁ナンバーだと噂される、伝説の武器かっ」

「まさか、人間の手に渡るとは」

「わ、わたしのなのに、どうしてっ」

最後はロザリーの声だったが、彼女と戦った時の経験があったからこそ、もはや涼はこの刀を自分から奪うことはできないと確信していたのである。

ブレイブハートは、自ら涼を選んだのだから。

敵味方がざわめく中、涼は落ち着いた態度で聖刀を魔王に向けた。

「俺はおまえに挑戦する、魔王グレイオス。いざ、勝負だ！」

「……奪い取って宝物庫に仕舞ったはずだがっ」

出現したブレイブハートを見て、グレイオスはしばし呆然としていたが、涼の挑戦を聞いて、ぎりっと奥歯を鳴らした。

「調子に乗るな、小僧っ。望み通り、貴様を引き裂いてくれるわっ。殺したところで、直後なら予の役には立つからなっ」

言うなり、のしのしと歩き、皆と距離を取る。涼も静かに続き、魔王と相対した。

「時に、床にびっしり書かれた文字はなんだ？　なにかの悪巧みか？」

ブレイブハートをだらりと構えた涼は、さりげなく尋ねてみた——が。

「すぐにわかるとも、天野涼」

グレイオスは思わせぶりなセリフと共に、邪悪な笑みを広げた。

「だが今は……予の恐ろしさをおまえに見せつける時だっ。我が望む世界よ、今こそ顕現《けんげん》せよっ。来たれ、アナザーワールド！」

＊＊＊

その短い詠唱が終わった瞬間、周囲が劇的な変化を遂げた。

部屋の壁が消え、床が消え、天井さえ消えた。景色がガラッと変わり、まるで転移したかのように、涼達は夜の荒野に立っていた。

廃墟のような街がすぐ近くに見えるが、人の気配はない。

「次元転移っ——いや、しかし、まだユリア達は見える」

急いで周囲を確認した涼は、敵味方を問わず、驚いたようにこちらを見ていることを確認した。彼らも同じ場所に立っているように見えるが、あいにくその姿は半ば透けているし、窓枠に置かれたはずのソウルプリズンも、なぜか空中に浮かんでいるように見える。

「世界が奇妙な形で重なっていて、声は聞こえないが、向こうからこちらを見ることができるし、逆も可能だ。しかし、あいにく連中は手出しすることができん。ユリア達はあくまで元の世界に留まっているからな」

「へえ？　さすがに次元転移なんて器用な真似ができる、あんたらしい。これが切り札だったのか？」

「おまえではなく、対ユリア用だったがな。とはいえ、ここでは大規模攻撃魔法も使い放題故に、予の独壇場よ。踏みつぶしてやるぞ、小僧っ」

グレイオスは腰の剣すら抜かずに吠え立てた。

最初から、攻撃魔法で勝負を決めるつもりらしい。

「来たれ、破滅の炎よっ。メイルストローム・オブ・ザ・フレイム！」

叱声と同時に、バンッという音が轟き、グレイオスの眼前に渦を巻く炎の束が出現した。どう見ても直径が涼の身長を上回るほどの炎の渦であり、しかも出現するなり、まっしぐらに涼めがけて直進してきた。

「消し炭となれ、愚か者めっ」

炎の渦は、刹那の間に涼を完全に飲み込んでいた。

そのまま何もしなければ、もちろん涼はグレイオスの言う通り、真っ黒に炭化して倒れていただろう。

しかし、次の瞬間グレイオスは見る。

不可視の障壁に守られた涼が、炎を振り払うようにして業火の中から躍り出てくるのを。

「なんだとっ!?」

完全に意表を衝かれたのか、魔王らしくもなく驚愕の声を上げたが、涼は頓着しない。

前傾姿勢でグレイオスの眼前に躍り込み、地を這うような低い姿勢から、豪快に逆袈裟斬りを繰り出していた。

「なにを呆けている、グレイオスっ！」

大喝した時には、薄闇にくっきりと光の軌跡を残し、聖刀がグレイオスの身を抉《えぐ》っていた。

「ぐおっ」

「ちっ、浅いかっ」

グレイオスの低い呻き声と、涼の舌打ちが同時だった。

鎧に亀裂が入り、鮮血が飛び散ったが、それでもさすがにグレイオスは歴戦の戦士である。

躊躇せずにその場で後方へ跳び、大きく間合いを開けた……いや、正確には開けようとした。

しかし、涼は既に跳躍している。

あろうことか、グレイオスとほぼ同時に大地を蹴り、同じく跳んでいたのだ。

「貴様、なぜ予の動きがっ」

空中で涼と目が合ったグレイオスは、黄金の瞳を見開いて声を絞り出す。

その時にはもう、涼は流星のごとき突きを繰り出していた。

「俺の力量を見誤ったな、グレイオス!!」

叱声と同時に光の尾を引いて聖刀がグレイオスを襲う。辛うじて身を捻り、脇腹を掠らせたのみで済ませたが、空中で体勢が崩れ、グレイオスはどうっと重々しい音を立てて落ちた。

受け身を取る暇すらなかったものの、タフな彼はすぐに跳ね起きる。

既に二カ所の傷を受けた身だが、早くもその傷は回復しつつあった。

ただ、すぐさま上から涼が襲いかかり、叫んでいる。これも、グレイオスが立ち上がるのとほぼ同時だった。

「タフなことだなっ」

「おのれっ、ナメるなあ！」

さすがに抜剣したグレイオスは、涼の聖刀を寸前で受けた。

しかし、鍔迫り合いに入るかと思った瞬間、今度は涼の右足が瞬時に動き、グレイオスの右膝を痛打した。

激痛がしてぐらっと巨体が傾《かし》ぎそうになったが、辛うじてグレイオスは耐えた。

「ぐおっ――ええい、離れんかあっ」

「むっ」

大岩と大差ないような拳が涼の顔面を襲い、ようやく涼も飛び退いて間合いを開けた。

着地した時、グレイオスの肩は大きく動いていたが、涼の痩身はまるで疲労の様子がない。

僅か数秒程度の間に矢継ぎ早に多彩な攻撃を繰り出したようには、全く見えなかった。

「貴様、魔法のシールドを張ったようには見えなかったのに、どうやって予の初手を防いだ」

「殺し合い中の敵にそんなことを訊くなんてのは、筋違いじゃないのか、おい？　魔王のくせに、脳天気なヤツだな」

唇にふてぶてしい笑みを刻み、涼は聖刀をこれ見よがしに肩に担ぐ。

緊張感などとは無縁であり、呼吸も全く乱れていない。

「最初にあの公園で俺と戦った時に、俺の戦闘力を見切ったとでも思っていたか？　あいにく、俺の得手はなにも剣技だけじゃない。そうだと思われてたらしいが、魔法にも対抗できるギフトがある」

「ギフト……だと!?」

「ああ。例えば、こんな力だが。――凪よっ」

「ぬおっ」

涼が片手を軽く振り、声に出しただけで、たちまち局地的な暴風が生じ、グレイオスを襲った。彼ほどの巨体がトラックに撥ねられたかのように吹っ飛んだが、今度はグレイオスもちゃんと足から着地した。

ただし、着込んでいた白銀の鎧は、今やあちこちがへこみ、見られたものではなかった。

「俺にはわかる……おまえは俺の敵じゃないっ」

「まだ勝負はついておらんわっ」

タフなグレイオスはそれでも声で自身を励まし、大剣を振り上げて駆け出す。これも名のある銘刀らしく、魔法のオーラで刃が輝いていた。

「非力な貴様を捕まえ、切り刻んでやるぞっ」

「おまえには無理だね！」

しかし、涼に相手が間合いに入る前にこっそり、短い詠唱を終えている。

そう、アリサに教わっていた魔法を、今こそ使う時だろう。


「――闇を照らす閃光よ、フラッシュ！」


「ぬおっ」

まさか涼が魔法を使うと思っていなかったグレイオスはまともに閃光を見てしまい、反射的に目を塞いだっ。

「小細工をっ。こんなもの、なんの役に立つか！」

罵声を無視し、涼が叫んだ。

「来たれ、ハンドレッドブレイズっ」

叱声と同時に、グレイオスを中心にその足元から円形の輝きが生じ、たちまち上に迫り上がって彼を閉じ込めた。まだ視力が戻らないものの、グレイオスはすぐにその外に出ようとしたが、あいにく同じく彼を押し包んだ光芒《こうぼう》も動きに追従している。

輝く円筒形は、直径も高度もそれぞれ六メートル以上はあったはずだ。明らかに、立体的に展開した魔法陣である。

「なんだこれはっ」

「貴様は、俺の絶対支配空間に入ったということだっ」

大喝して円筒形に輝く魔法陣の中へ飛び込んだ涼は、そのまま聖刀を振るってグレイオスに襲いかかる。

「受けてみろっ」

「貴様っ」

聖刀の刃が閃き、グレイオスの肩口から鮮血が散ったかと思えば、次の瞬間、交差した涼は魔法陣の反対側を蹴って、今度は背後からグレイオスを襲う。

「ぐおっ」

お陰でグレイオスは、今度は背中を裂かれて呻く羽目になった。

彼も振り向いて対抗しようとしていたが、涼のスピードの方が遥かに速い。

しかもその速度が見る見るうちに上がり、途中から無数の残像を引きずりつつ、あらゆる方向から斬りかかるようになった。

円筒形の光の壁が、今や涼の格好なターン場所となっている。

縦横無尽に立体的な魔法陣の中を駆け回る涼は、ついに空中の壁すら蹴って、グレイオスの頭上にまで刃を振り下ろす。

まさに、あらゆる方向から刃が襲いかかるわけで、始末が悪かった。

タフなグレイオスと言えどもこれには堪らず、治癒の暇もなく、鎧ごとズタズタにされてしまう。

涼がハンドレッドブレイズを解除して飛び退いた瞬間、その場にどうっと倒れた。

「お、おのれ……」

「もう立たない方がいい」

涼は離れた場所から忠告した。

「命を惜しむなら、降参しろ。それが一番だと思うぞ」

「ほ、ほざくなあっ」

涼の言い方に激怒したらしく、グレイオスは再び叫んだ。

「マナの力をこの地に示せっ。来たれ、グラヴィティ・ヘルッ」

途端に、空が陽炎のように揺らぎ、次の瞬間、涼の頭上で爆音がした。

「――む？　重力系の魔法かっ」

例によって心の中で〝鍵を外し〟、不可視の力を解き放つ。

右手を上げて障壁をイメージしたと同時に――炸裂音がして、敵の魔力を受け止めたのがわかった。膝がぐっとたわみそうになったが、涼は意地でも耐えた。

「しぶとい小僧めっ」

耐え切った時、グレイオスが次の詠唱に入ろうとしていたのを見て、涼は即座に駆け出した。

駆け出しつつ、聖刀を二つに分離する。

「おいおい、今度は俺の番だろっ」

二振りに分かれた聖刀をそれぞれ左右の手に持ち、まっしぐらにグレイオスへ襲いかかった。

詠唱が間に合わぬと見たグレイオスは、舌打ちして相対しようとしたが――涼を見てまた巨眼を見開いた。

「ブレイブハートが二振りだとっ」

「元から分裂できる仕組みらしいぞ！　どうやら、気付いたのは俺だけらしいがっ」

叱声と共に豪快に右手の刀をグレイオスの頭上に浴びせた。

グレイオスが反射的に自分の剣で受けた途端、今度は待ってましたとばかりに左手の刀で横殴りの一撃を浴びせた。

狙いはもちろん、がら空きになった敵の脇腹である。

「手応えありっ」

「があああああっ」

今度こそ盛大にグレイオスの吠え声がして、よろよろと巨体が後退った。

「どんどん行くぞっ」

涼は素早く二振りの刀を斜めに構え、今度は二刀を同時に袈裟斬りに繰り出そうとした。

しかしその絶妙のタイミングで空間が大きく揺らぎ、いきなり周囲の景色が再び変化した。

つまり、元の広間に戻ったのだ。

「なんだ？」

涼が顔をしかめた時には、グレイオスは意外なほどの健脚で猛ダッシュし、窓際に突進していた。

自分でそこに置いたソウルプリズンをがしっと掴み、高らかに笑った。

「ふはははははっ。生意気な者共めっ。最後は予の勝ちよっ」


「最後の最後に、がっかりさせてくれたな……グレイオス」

涼は、二刀を引っさげたままでため息をついたが、グレイオスは無視した。

「一騎打ちなどという茶番に臨まなくとも、どうせ予の勝利は動かん。ユリア、少なくともおまえさえ抑えられればなっ」

窓を背にし、手にした神器ソウルプリズンをユリアに向ける。

「今まで戦ってた俺は、無視かよ」

唸った涼に低頭した後、ユリアが一歩前に出た。

「とうとう、馬脚を露わしたわね、グレイオス。やはり、おまえには魔王たる資格などなかったようだわ。だいたい、これほど多くの――」

わざとらしく周囲で息を呑む者達を見渡し、目を細めた。

「……自軍の兵士達やセブンウォール、それに敵軍の勇者にまで見られているのに、その態度とは。これはもはや、決定的な結果を生むことになるわね。魔王の面目など、あったものではないわ……この恥さらしっ」

落ち着いた言い方だけに、ユリアの言葉は魔王の胸にグサグサ刺さったらしい。

盛大に表情を歪めたが、それでもグレイオスは神器の宝玉をユリアに向けた。

「なんとでも……言えっ。おまえさえ倒れれば、涼などはどうとでもなるっ」

「いいや、おまえには無理だね」

涼は的確な寸評を述べてやったが、ユリアに気を取られている魔王はこちらを見もしなかった。むっとした涼は、さっさと引導を渡してやることに決めた。

「だいたいおまえ、それが本当にソウルプリズンだと思っているのか？　なんとなく、俺は違うと思うがな」

「なにっ!?」

ようやくグレイオスが涼を見た。

ここぞとばかり、涼は人の悪い笑みを広げた。

「なるほど、アリサの魔法は優秀だ。なにしろ、透明化の魔法を使って途中からずっとここで動き回っていたのに、おまえに気配すら悟らせなかったんだから」

同時にあらぬ方を見て頷いてやると、それが合図だったかのように空間が揺らぎ、アリサが姿を見せた。

「涼様っ」

とてとて走ってきて、ためらいもなく涼に抱きついてきた。

「ご苦労様、アリサ」

「馬鹿な……では、この宝玉は」

グレイオスがまじまじと手の中の宝石を見つめる。

その時、アリサが術を解除したのか、それまで透明な宝石に見えた宝玉が、たちまち色変わりして青紫の宝石に姿を変えてしまった。

「こ、これは予の所持品だったはずの」

「……ごめんなさいっ」

アリサが静かに頭を下げた。

「この広間に来た時、窓枠に置いてあった本物とそれを、アリサがすり替えたんです。貴方が今持っているのは、元々執務机に入っていた、貴方自身の持ち物です」

「なるほど」

アリサの気配は終始捉えていたが、実は詳しいところまでわかっていなかった涼は、ようやく腑に落ちて頷いた。

「アリサは賢いなあ」

涼はご褒美代わりに、激賞して頭を撫でてあげた。

やってしまってから相手が王女様であることを思い出して気が差したが、アリサ自身がひどく嬉しそうにしていたので、あまり気にしないことにした。

「その神器、頂いてよろしいでしょうか」

ユリアが来て涼に問うたので、涼はアリサを見た。

「アリサが決めるといい。……どうする？」

意外と悩まず、アリサは本物のソウルプリズンをユリアに渡した。

「……どうぞ」

「ありがとう」

ユリアは礼を述べて受け取り、また魔王に向き直った。

棒きれのように立ち尽くす魔王に、重々しく宣告する。

「自分の運命は自分で決めるがよい、グレイオス。完全敗北を認めて自死を選ぶか……それとも、ユリア達を罠にかけた報いとして、神器に閉じ込められるか。――二つに一つよ」

最後にそう付け足し、ユリアは口を噤《つぐ》む。

周囲の魔族はおろか、人間であるロザリーやキュリスすら止める気配はなく、全員が静かに魔王グレイオスに注目していた。

大勢いるはずなのに、広間にはしわぶき一つ聞こえない。

もはや、この場にいる全員が、眼前のグレイオスを魔王とは認めていなかった。

# 終章　新たなる魔王

結局、前魔王のグレイオスは、ユリアの提示した選択のどちらも選ばなかった。

彼は皆の予想以上に諦めの悪い男であり、最後の瞬間、身を翻して壁際を猛ダッシュしたのだ。

おそらく、窓から外へ飛び出そうとしたのだろう……その試みは、もう少しで成功するかに見えた。しかしあいにく、寸前でユリアが神器を発動させ、グレイオスの魂をあっさりと宝石の中に閉じ込めてしまった。結果としてついにグレイオスは魔王の座から追われ、ユリアに囚われることになったのである。

グレイオス失脚以後の慌ただしい動きは、ほぼ涼の予測を超えるものではなかったのだが……それでも、予想外のことが起きなかったわけではない。

その一つは、事態が収束した後も、「アリサはここに残ります！」とアリサ王女が強く主張したことで、「王国へお戻りくださいませ」と要請したロザリーを、絶句させていた。

涼の要請で拘束を解かれたばかりのロザリーだったが、まさか王女に帰国を断られるとは思っていなかったらしい。

唖然とした少女勇者に対し、アリサはこう述べた。

「アリサは涼様にもらわれた立場ですし、アリサ自身も涼様のおそばにいたいのです。だから、涼様がこの魔族領に留まるのであれば、アリサの居場所もここです」と。

困り果てたロザリーは、涼に「戻るように貴方から言いなさいよっ」と実にぞんざいな口調で言ってきたが、涼はあっさりと首を振った。「アリサの気が変わらないなら、俺は無理強いはしないよ」と約束したのは、誰あろう涼自身なのだ。

まさか安全に退去できる時が来てもアリサが残りたがるとは、全くもって計算外ではあるが、約束は約束である。

一度約束した以上、相応の理由もないのに、涼が自らその約束を破棄することはない。

お陰で引き上げるロザリー達——いや、ロザリーよりその副官のキュリスが大いに立腹していたようだが、そんなことは涼の知ったことではない。

それに、涼自身にも大きな変化が訪れようとしていた。

＊＊＊

「なんかこの裾の長いタキシードみたいなスーツってのは、性に合わないな」

ゴルゴダス城に転移した時、まず最初に訪れた控えの間で、涼は渋面で壁の鏡をチェックしている。

自分の目で見た感じでは、贔屓《ひいき》目に見ても「似合わぬ豪華な貸衣装を纏ったガキが、不機嫌そうに立っている」といったところか。

その横ではアリサ王女と戻ってきたダフネが笑顔で見つめている。

特にアリサは、いつものごとく彼女にしか見えないオーラを見ているような目つきをしていた。

「お似合いですわ、涼様っ。これで魔族世界にもようやく、賢帝が現れましたねっ」

……口調が完全に本気であり、冗談には聞こえなかった。

涼としては冗談にしてほしいのだが。


「まさか……ユリアが帝位を継ぐのを断固辞退するとは思わなかった」


独白したものの、今更どう愚痴ろうが遅い。

涼にとって驚天動地《きょうてんどうち》なことに、セブンウォールトップのユリアと——それに彼女に次ぐ実力者のベルクラムの二人が、「涼様こそ、最も魔王にふさわしい」と認めてしまったのである。

おまけに都合の悪いことに、涼が後継者であるということは、既にグレイオスの口から皆に告げられている。

最後の戦いの前に、涼が三行半《みくだりはん》を叩きつけたのも事実なのだが、そっちはなぜか無効にされてしまった。

「ですが、他に魔族領を治めるにふさわしい者がおりませんから……涼様は、ユリア達をお見捨てになるのですか？」

……どこまで本気なのか不明だが、十六歳バージョンのユリアに哀しそうな顔で言われると、なかなか涼も本気で拒否できなかった。

なにしろ、彼女にはいろいろと世話になっているので。

「世の中、ままならないもんだ」

「あら、アリサはこれで平和が訪れると思っていますのに」

「涼様が即位されれば、魔界も安泰ですっ」

無邪気なアリサと喜びに溢れるダフネの二人が言ってくれたが、涼は苦笑したのみで答えなかった。

確かに涼に他国へ侵略する気などないが、そもそも今の戦は、人間達の方から先に始めたのだ。となれば、近い将来にまた攻めてこないとも限らない。

そうなれば、新たな魔王としてはやられっぱなしでもいられないではないか。

などと涼が考えていると、謁見の間へ抜けるドアを、誰かがノックした。同時に、副官のグレースが呼ぶ声も。

『――陛下、そろそろお時間でございます』

「入ってくれ。ていうか、誰が陛下かっ」

ドアを開けたグレースは、悪戯っぽい笑み――など微塵《みじん》も浮かべず、至って大真面目な顔つきだった。いつものように。

「どうせ今から正式に即位されるのです。できれば、一番先に呼ぶ栄誉を頂こうと」

そこでようやく微かな笑みを洩らす。

涼が怒るに怒れないような、魅力的な笑顔だった。

「次に魔王陛下万歳とか言おうものなら、あんた死刑な」

「そうまで言われますと、試したい気分になりますわ」

「やめてくれ。それより、なにか事態の急変とかないか？　急にセブンウォール達が反対に回ったとかさ？　だいたい、メンツの二人が賛成したからって、自主性なさ過ぎだろ、連中は」

まだロクに顔も覚えていない残りの四人に、涼は八つ当たりをする。

しかし、グレースがあっさりと「ところが今回、セブンウォール達は、満場一致で涼様の魔王即位を認めていますわ」などと切り返し、涼にため息をつかせた。

「涼様……本当に、そろそろお時間です。臣下一同、新たな魔王陛下のお言葉をお待ち申し上げております」

「アリサ達も隅から見てますねっ」

ダフネも含めた女性三人にせっつかれ、涼はやむなくドアへ向き直る。

この向こうで、魔族の重鎮達がごっそり集まっているかと思うと、柄にもなく気が引けた。

だが……確かにそろそろ覚悟を決める時だろう。

それでも……やはり涼らしくもなく、最後に三人に尋ねてしまった。

「俺は魔王に見えるかな？」

「史上最高の魔王陛下と思います」

「涼様、決まってます！」

「……素敵です」

真面目なグレースの声とアリサの元気な声、それにダフネのうっとりした声が同時だった。

「そうか……まあ、本当に魔王にふさわしいかどうかは、これからのことだ」

そう述べると、涼はようやく自らドアを開け、謁見の間へと入っていく。

それはまさに、記憶喪失の元高校生が、異世界の魔王として君臨する瞬間だった。

《了》

# あとがき

初めての方は、どうも初めまして。

そして、私の著作を既に読んだことがお有りの方は、いつもありがとうございます。

レーベル創刊時に出せたのは、おそらく初めてのことになります。

光栄に思いつつも、ちょっと緊張しますね。

そして本作は、私がこれまでに書いた小説の中で、一番多いパターン……すなわち、ざっくりとヒーロー物です。まあ広義だとファンタジーかもしれませんが、私的には自分が書いているのはヒーロー物かなぁと。

多分ですが、ヒーローそのものを嫌う人って、あまりいないと思うのですよ。

例えば子供の頃を思い出してください。特撮やアニメのヒーローと初めて出会い、「うわっ、かっこいいなあ」とたちまち憧れ、しばらく夢中になって番組を追った経験のある方は、多いように思います。

もちろん、アニメや特撮に限らず、小説やコミック、それに映画でも同じです。

洋画の有名タイトルで、主役をスーパーヒーローが務めるシリーズがたくさんありますが、何十年も途切れずにシリーズが続くのは、それだけその作品のヒーローが好きな方が多い証拠でしょうね。

しかし、それと同時に、多くの人がいつしか疑いを持ちます。子供の頃は素直に信じられたことでも、年齢を重ねるにつれ、そう簡単には信じられなくなるのですね。

この現実世界には、そんなヒーローは本当はいないのだと。

その意味では、私はおそらくまっとうな大人からは外れた存在になるでしょう。

自分が信じる最強のヒーローは、どこかに必ず存在すると未だに信じているからです。仮に、今は自分の想像世界でしか会えないとしても。

ヒーロー不在の世界など、なんの希望もない……そう思います。


この本を出すに辺り、ご助力をくださった全ての方達にお礼を申し上げます。

最後はもちろん、この本を手にしてくださったあなたに、精一杯の感謝を。

二〇一八年四月　吉野　匠　拝

BRAVENOVEL
ブレイブ文庫

# 魔王の後継者


2018年4月28日　初版第一刷発行

著　者　　吉野 匠

発行人　　長谷川　洋

発行・発売　株式会社一二三書房
〒102-0072 東京都千代田区飯田橋2-14-2
雄邦ビル
03-3265-1881

印刷所　　中央精版印刷株式会社


■作品の感想、ファンレターをお待ちしております。

■本書の不良・交換については、電話またはメールにてご連絡ください。
一二三書房　カスタマー担当　Tel.03-3265-1881
（営業時間：土日祝日・年末年始を除く、10：00～17：00）
メールアドレス：store@hifumi.co.jp

■古書店で本書を購入されている場合はお取替えできません。



■価格はカバーに表示されています。




ISBN 978-4-89199-491-4